다온

잇츠북 개근하늘 | 열한 번째 동화

잇츠북이 어린이 여러분에게 가족 사랑과 자존감의 메시지를 드립니다.

 다른

초판 1쇄 2025년 2월 10일

글 조현미
그림 원유미

펴낸이 김주한
책임편집 한소영
책임마케팅 김민석
책임홍보 옥정연
디자인 아빠해마 김승우
인쇄 이룸프레스
펴낸곳 잇츠북
출판등록 제406-251002015000039호
제조국 대한민국 **사용연령** 8세 이상
주소 (10881) 경기도 파주시 회동길 471(문발동) 몽스패밀리Bd, 301호·302호

ⓒ 조현미, 원유미, 아빠해마, 2025

ISBN 979-11-94082-20-0 74810
ISBN 979-11-94082-22-4 (세트)

다온

좋은 일이 찾아오는 이름

글 조현미 그림 원유미

잇츠북

차례

단짝이 필요해 _ 7

할머니의 기도 _ 20

나쁜 예감 _ 32

골탕 _ 44

사과 편지 _ 53

여해의 비밀 _ 64

가리고 싶은 흉터 _ 77

화해 _ 87

엄마 _ 96

하늘나라 환송회 _ 105

아름다운 끝맺음 _ 117

무거운 돌덩이 _ 128

또 다른 시작 _ 143

작가의 말 _ 157

단짝이 필요해

내 이름은 이다온! 좋은 일들이 찾아온다는 뜻의 순우리말인데 아빠가 지어 줬대. 물론 내게 좋은 일만 생기라는 뜻이겠지. 그래서인지 나는 조금 속상한 일이 있어도 내 이름을 생각하면 금세 힘이 나. 좋은 일이 찾아올 테니 말이야.

나는 할머니와 둘이 살아. 할머니와 먹고, 자고, 이야기하고, 때로는 싸우기도 해. 할머니의 쌍둥이 동생인 이모할머니는 단짝을 빼앗겼다며 가끔 나를 흘겨봐.

아빠는 내가 어렸을 때 돌아가셨어. 엄마는 재혼했다는데 이유는 모르지만, 한 번도 만나지 못했어.

내 나이는 방년 십이 세야. 방년은 이모할머니가 나에게

하는 말이야.

"꽃다울 방 자, 방년이야. 그래서 네 엉덩이도 엉덩이가 아니고 방뎅인 거지."

이러면서 이모할머니는 내 엉덩이, 아니 방뎅이를 두드려. 이모할머니 말이라면 사사건건 말 같지도 않다는 듯 코웃음을 치는 할머니도 이럴 때는 빙긋이 웃어.

이 꽃다운 열두 살에 일흔 살 넘은 할머니와 단짝이라니, 인정할 수 없어. 그렇지만 할머니가 없는 세상은 상상하기도 싫어.

지금까지 나는 단짝 친구가 한 번도 없었어. 아마도 궁금한 것은 그냥 넘기지 못하고 콕 집어야 직성이 풀리는 내 성격 탓인지도 모르겠어. 쓸데없는 호기심으로 꼬치꼬치 캐묻는다는 말을 자주 듣거든.

4학년 때 어떤 아이가 빨간색 틴트를 입술에 바르고 학교에 온 적이 있어. 할머니가 봤다면 분명히 "니, 쥐 잡아 묵었나?"라고 했을 거야. 그 시뻘건 색을 아이는 매일 바르고 왔고, 화장실로 쫓겨 가서 지우기를 반복했어.

"선생님이 몇 번이나 바르지 말라고 했잖아. 그런데 왜 또 발랐어?"

나는 정말 이해가 되지 않아서 물어본 건데 아이들은 나를

'어느 별에서 왔니?' 하는 표정으로 빤히 봤어.

이게 다 할머니한테 영향을 받은 탓이야. 할머니는 내가 신발 뒤축을 꺾어 신으면 "너거 할배 신발 공장 하나?"라고 타박했어. 또 깜박하고 전등을 끄지 않거나 용돈을 헤프게 쓴다 싶으면 어김없이 "와? 밑에 돈이 숨 못 쉰다고 위에 돈 치와 달라 카드나?"라면서 야단쳤어.

어릴 때부터 지겹도록 들어서 나는 신발을 꺾어 신지 않아. 물론 전등도 필요한 경우에만 켰다가 꼭 끄지. 그만큼 무엇이든 아껴 쓴다는 뜻이야. 그러다 보니 학교에서 아이들이 아끼지 않고 낭비하면 몹시 거슬려. 거슬리기만 하면 괜찮은데 할머니처럼 꼭 한마디 하고야 마는 것이 문제야.

"멀쩡한 신발을 왜 꺾어 신어!"

"불 좀 꺼. 전기세 안 아깝니?"

이렇게 말이야. 아이들은 나를 '오지랖'이라고 했어. 선생님께 해야 할 곤란한 질문은 나를 시키면서도 놀 때는 쏙 빼곤 했어. 무슨 잔소리를 들을지 모른다면서 말이야.

"나쁜 가스나들! 할매가 당장 가서 혼꾸멍을 내 줘야겠구마!"

괜히 할머니한테 말했다가 일만 키울 뻔한 적이 있어. 할머니를 말리느라 진땀을 뺀 다음부터 친구들 일은 아예 입도

뻥긋하지 않아. 할머니는 정작 당신은 나한테 온갖 궂은일을 시키면서 다른 사람이 나에게 조금이라도 잘못하면 분기탱천하고는 해.

그동안은 단짝이 없어도 별로 상관없었어. 학교나 학원에서 같이 어울리는 친구 한둘은 늘 있었거든. 하지만 5학년 때, 화장실에 꼭 함께 가는 아이들이나 우리 반 앞에서 친구를 기다리는 다른 반 아이들을 볼 때면 부러웠어. 나도 단짝이 있었으면 싶더라고.

6학년 등교 첫날이었어. 첫사랑이나 첫눈같이 첫 자 뒤에는 설렘이 따라오게 마련이잖아. 하지만 내 6학년 첫날 뒤에는 아무런 기대도, 설렘도 없었어.

6학년은 3반까지 있어. 5학년 때 스무 명이 한 반이었으니까 6학년 전체는 예순 명 정도 될 거야. 이 예순 명이 병설 유치원 시절부터 이리 섞이고 저리 섞이며 6년을 보냈으니 새로운 게 있을 리가 없어. 다시 말하면 '이다온은 오지랖'이라는 등식을 모르는 아이가 없다는 뜻이야.

할머니 등쌀에 일찌감치 학교에 왔어. 왼쪽 팔에 있는 흉터로 나도 모르게 손이 갔어. 어릴 때 뜨거운 물에 데어서 생긴 흉터라고 들었어.

불안하거나 어색한 상황에 맞닥뜨리면 흉터로 손이 가는 버릇이 있어. 할머니는 이런 내 모습을 볼라치면 뭐가 좋아서 만지냐며 퉁바리를 줘. 그래서인지 누가 보면 슬그머니 손을 치우게 돼. 아무런 기대와 설렘이 없다고 생각했는데, 흉터로 손이 가는 것을 보니 꼭 그렇지도 않은가 봐.

교실 뒷문을 여니 누군가 먼저 와 있었어. 긴 머리를 정수리 쪽에 하나로 묶은 여자아이였어. 기척을 느꼈는지 아이가 뒤돌아봤어.

'아!'

5학년이 끝날 무렵 전학 온 윤여해였어.

'앗싸!'

여해는 아직 '이다온은 오지랖'이라는 등식을 모를 거라 믿으면서 속으로 환호성을 질렀어.

"나 여기 앉아도 돼?"

얼른 다가가 여해 옆자리를 가리켰어.

"응."

여해의 대답은 짧았지만 분명했어.

아이들이 하나둘 자리를 채워 반 정도 등교했을 무렵 선생님이 교실로 들어왔어. 친구들 엄마 정도의 나이로 보였어.

"아줌마잖아!"

뒷자리에 앉은 남자아이가 들릴까 말까 한 소리로 불평했어. 뒤통수에 달린 내 눈이 방은혁이라고 알려 주었어. 우리 학년 제일의 말썽꾼이야. 좋지 않은 소문을 몰고 다니는 아인데 어이없게도 작년부터 나에게 관심 있는 척 자꾸 말을 거는 거 있지. 물론 나는 무시하고 있어. 내가 아주 싫어하는 타입이거든.

"자리를 알아서 잘 정했네. 이대로 한 달만 앉아 볼까?"

"네!"

첫날이라 친한 친구들끼리 앉았을 것이므로 아이들은 선생님 제안에 찬성했어. 이렇게 해서 나는 한 달간 여해와 짝이 되었어.

"오늘은 청소 당번이 없으니 누구 봉사할 사람?"

수업을 마치고 선생님이 물었어. 아는 얼굴 몇몇이 나를 봤어. 그중 한 명은 5학년 때 여해와 잠깐 짝이었던 김민지였어.

"제가 할게요."

내가 손을 번쩍 들며 대답했어. 아이들의 눈빛에 떠밀려 손을 든 것은 물론 아니야.

"저도 할게요."

생각지도 못했는데 여해가 나섰어. 뒤돌아보고 있던 민지가 몸을 앞으로 휙 돌리더라.

여해는 교실 바닥을 쓸고, 나는 걸레로 책상을 닦았어.

"다온이는 걸레질을 야무지게 하는구나."

책상 줄을 맞추던 선생님이 나를 칭찬했어.

내 야무진 걸레질 솜씨는 모두 할머니 덕분이야. 할머니는
내가 초등학교에 입학하자마자 기다렸다는 듯이 집안일을
시키기 시작했어.

"십 리 한 번, 오 리 한 번 닦지 말고, 구석구석 매매 닦아
라!"

걸레질을 할 때면 이렇게 다그쳤어. 할머니는 또 내가 어
릴 때 길에서 넘어져도 절대로 일으켜 주지 않았어.

"퍼뜩 안 인나고 뭐 하노? 거 누워 살 끼가?"

이러면서 말이야. 처음에는 할머니가 일으켜 주기를 기다
리며 버텨 본 것도 같은데, 언젠가부터는 발딱 일어나 옷에
묻은 먼지를 털게 됐어.

지금보다 어릴 때는 집안일을 시키고 무뚝뚝한 할머니한
테 불만이 많았지만, 지금은 뭐 그러려니 해.

나는 얼마 전부터 보습 학원에 다니기 시작했어. 그동안은
학교만 다녔고. 할머니는 큰길가에 있는 건물 세 군데의 청
소를 몇 년째 혼자 하고 있어. 이른 아침부터 저녁까지. 이제

는 할머니가 시켜서가 아니라 스스로 집안일을 해야 할 나이
라는 생각이 들어.

여해와 교문을 빠져나오다가 방은혁과 마주쳤어. 방은혁
옆에는 다른 반 남자아이 둘이 짝다리를 짚고 서 있었어. '우
리 껄렁해요.'라고 광고라도 하듯이 말이야.

"이다온, 인제 집에 가냐?"

방은혁이 쓱 다가왔어.

"무슨 상관?"

나는 방은혁을 향해 쏘아 주고는 고개를 확 돌렸어.

"뭘 그렇게 맨날 톡 쏘냐?"

방은혁이 빙글거렸어. 나는 얼른 여해 손을 잡고 방은
혁 옆으로 비켜나 빠르게 걸었어.

"야, 얘기 좀 하고 가!"

방은혁의 커다란 목소리가 발걸음을 더욱 재촉하게
했어.

"쟤, 우리 반 아냐?"

여해가 뒤를 흘끔거리며 물었어.

"맞아, 방은혁. 4학년 때도 나랑 같은 반이었는데
별로야. 자꾸 보지 마."

방은혁이랑 여해가 눈이라도 마주치면 큰일

날 것처럼 돌아보지도 못하게 했어.

여해는 나랑 같은 아파트 단지에 살고 있었어. 여해는 102동, 나는 107동. 운명 같아. 민지랑 다른 여자아이 몇 명도 같은 단지에 살지만, 한 번도 운명이라 느낀 적은 없어.

102동 앞에서 여해와 헤어졌어.

'여해네 집은 크고 예쁘겠지?'

예쁜 것과는 담쌓은 우리 집이 생각났어. 우리 아파트 단지는 임대와 분양이 섞여 있어. 임대와 분양은 집의 크기와 구조가 다르다고 들었어.

할머니와 내가 사는 107동 503호는 할머니 이름으로 임대 받았어. 거실 겸 안방으로 쓸 수 있도록 미닫이문이 달린 큰 방과 현관 옆에 붙어 있는 작은방, 안방과 작은방을 연결하는 복도에 딸린 부엌, 그리고 욕실이 전부지. 분명히 넓고 예쁠 여해네 집을 상상하며 집으로 왔어.

시업식 날이라 급식이 없었어. 라면을 먹으려고 가스레인지에 냄비를 올렸어.

"또 라면 묵지 말고 꼭 밥 무래이!"

아침에 할머니가 당부한 말이 생각났어. 라면에 떡이라도 넣으려고 냉동실 문을 열었어. 검은 비닐봉지와 반찬 통이 와르르 쏟아졌어. 얼른 손을 앞으로 내밀어 비닐봉지 몇 개

18

는 잡았는데 반찬 통은 바닥에 나동그라지고 말았어.

"아, 할매는 정말!"

할머니는 깔끔한 성격이야. 좁은 집이지만, 우리 집은 꼭 필요한 것만 있어서 크게 불편하지는 않아.

그런데 할머니는 유독 먹고 남은 음식을 버리지 못하고 냉동실에 쟁여 놔. 그것도 대부분 검은 비닐봉지에 둘둘 말아서 말이야. 나는 빈틈없이 꽉 찬 냉동실을 보며 한숨을 폭 쉬었어.

할머니의 기도

"할매, 냉동실 좀 어떻게 해 봐. 낮에 반찬 통 떨어져서 발등 깰 뻔했단 말이야!"

일을 마치고 돌아온 할머니를 보자마자 나는 속사포처럼 다다다 쏘았어.

"오자마자 잔소리가?"

할머니는 대수롭지 않다는 듯 대꾸하더니 저녁도 먹지 않고 자리에 누웠어. 그러고 보니 할머니 낯빛이 좋지 않았어.

"할매, 또 아파?"

할머니는 오래전부터 당뇨병을 앓고 있어. 얼마 전에도 일하는 곳에서 쓰러져 병원에 입원한 적이 있어. 할머니는 괜

20

찮다며 서둘러 퇴원했지만, 나는 내내 불안했어.

"할매, 저녁 먹고 자야지."

아픈 것도 모르고 잔소리한 것이 미안해서 다리를 주물러 주며 말했어.

"괜않다. 일하는 데서 떡 한 쪼가리 줘서 묵었다."

이러더니 할머니는 금세 잠이 들었어. 그리고 며칠 씩씩하게 일하러 나갔어.

"할매, 진짜 혼자 병원 갈 수 있어?"

전날 밤 할머니는 식은땀까지 흘리며 끙끙 앓았어. 나는 가방을 멘 채 누워 있는 할머니를 들여다봤어.

"갈 수 있다. 걱정하지 말고 학교 가라."

할머니가 손을 휘휘 저으며 대답했어.

"택시 타고 가. 아니다, 나랑 같이 가. 선생님께 좀 늦는다고 전화하면 돼."

발걸음이 떨어지지 않았어.

"괜않다 카는데 기운 빠지구로 와 자꾸 말 시키쌌노. 정 안 되면 이모할매 부르면 된다. 퍼뜩 학교 가라, 마! 늦겠다."

"이모할머니는 다리도 불편한데……."

이모할머니는 어렸을 때 소아마비를 앓아 한쪽 다리를 절거든.

"참 무지한 세월이었제. 며칠을 그래 열이 나는데 와 병원 안 데려가고 버렸을꼬? 병원만 빨리 갔어도……."

이모할머니가 불편한 다리를 주무를 때면 할머니는 이렇게 한탄했어.

"어매, 아배가 안 가고 싶어서 그랬겠수? 애들 열나는 건 흔한 일이고 그러다 낫겠거니 한 거지. 덕분에 평생 일 안 하고 공주처럼 살았잖우."

이모할머니는 쿨하고 유머러스하게 증조할머니, 증조할아버지를 편들었어.

어차피 할머니 고집을 꺾을 수 없을 것 같아 학교에 왔어. 학교에서도 할머니 생각에 붙잡혀 있었어. 쉬는 시간에 휴대폰을 들고 화장실로 가서 할머니한테 전화했지만 받지 않았어. 무슨 일이 난 것만 같아 불안했어. 소매 속으로 손을 넣어 흉터를 만지며 교실로 오다 민지와 함께 있는 방은혁과 눈이 마주쳤어. 나는 소매 속에 넣었던 손을 슬그머니 뺐어.

"다온아, 무슨 일 있어?"

내가 계속 안절부절못하자, 여해가 물었어.

"할머니가 편찮으셔. 병원 간다고 했는데 전화를 안 받아."

혼자 끙끙거리다 여해가 걱정해 주니 코끝이 찡했어.

"휴대폰 집에 놓고 가신 거 아닐까? 급하게 나가다 그러셨을 수도 있잖아. 진료받느라 못 받으셨을 수도 있고."

"그랬을까?"

"다음 쉬는 시간에 다시 해 봐. 내가 밖에 있어 줄게."

여해가 걱정하지 말라는 듯이 웃었어.

쉬는 시간에 여해와 함께 화장실로 갔어. 여해가 밖에 있다고 생각하니 이전보다 가슴이 덜 뛰었어.

전원을 켜자 '우리 할매'라는 글자가 떴어. 수업 시간에 할머니가 전화를 한 거야. 팔다리에서 힘이 쭉 빠져나갔어. 얼른 할머니 이름을 눌렀어.

"할매!"

신호음이 울리다가 멈춤과 동시에 소리쳤어.

"이모할머니야. 할매는 주사 맞고 자고 있어."

"우리 할매 많이 아파? 괜찮아?"

전화기를 두 손으로 감싸고 목소리를 낮추었어.

"괜찮아질 거야. 수업 시간 아니니?"

"쉬는 시간이야."

"이따 집에서 보자."

이모할머니 목소리가 평소와 달리 가라앉은 게 마음에 걸렸지만, 괜찮아질 거라는 말에 안심이 됐어. 여해와 교실로 돌아오는데 여해가 내게 성큼 다가온 기분이 들었어. 며칠 같이 지내본 여해는 차분하고 공부도 잘했어. 거기에 오늘 보니 착하기까지 한 거야. 모범생을 넘어 완벽하더라고.

할머니는 중얼중얼 혼잣말을 자주 해.

"할매, 뭐 해?"

혼잣말인 걸 알면서 나는 또 꼭 물어봐.

"뭐 하긴, 니 잘되게 해 달라고 기도하제."

"에이, 할머니는 교회도 안 나가잖아?"

"안 나가도 마음으로는 다 믿는다."

할머니 말을 믿지 않았는데, 이렇게 완벽한 친구가 생긴 거 보니 할머니 말이 맞는 것 같아.

학원을 마치고 집에 오니 이모할머니만 있었어.

"우리 할매는?"

"핏줄이 무섭기는 무섭구나. 오랜만에 만난 예쁜 할머니한 테는 인사도 안 하고, 빼빼 말라서 볼품도 없는 제 할매만 찾는 거 보니."

이모할머니가 샐쭉한 표정을 지으며 삐친 척을 했어.

"미안. 우리 할매는 할머니처럼 예쁘지도 않고, 빼빼 말라서 볼품없는 데다 아프기까지 하니까 그렇지……."

이모할머니를 뒤에서 껴안으며 애교를 부렸어.

"오늘은 병원에서 자고 내일 퇴원할 거야."

그제야 샐쭉한 표정을 풀며 이모할머니가 대답했어.

"입원했어?"

놀라서 큰 소리로 물었어.

"그래, 당뇨는 관리를 잘해야 하는데 네 할매는 일만 죽어
라 하고 참 큰일이다."

이모할머니가 한숨을 쉬었어.

"나, 할매 보러 갈래."

"내일이면 올 건데 뭐 하러 그래? 병원에서 안정을 취해야
한다고 했으니까 오늘 하루라도 푹 쉬게 둬."

"정말?"

미심쩍었지만, 내일이면 집으로 온다는 말에 마음을 접었어.

"전화는 해도 되지?"

"할매가 그렇게 좋아? 네 할매, 보람은 있겠다."

이모할머니가 전화하는 내 등을 토닥였어.

다음 날 학교에서 돌아오니 정말 할머니가 와 있었어.

"할매!"

신발을 뒷발질로 벗어 던지고 할머니에게 달려갔어.

"하룻밤 떨어진 거 갖고 웬 호들갑이고!"

할머니가 무뚝뚝하게 말했어.

"참, 정 여사 말본새하고는. 다온이 보고 싶어서 눈이 짓무
르더니만 꼭 그렇게 말해야겠우?"

이모할머니는 할머니 동생이지만 언니라고는 잘 부르지 않아. 할머니가 엄청 마음에 들거나 뭔가를 잘못했을 때만 언니라고 불러. 지금처럼 놀릴 때는 정 여사, 마음에 들지 않을 때는 그냥 정정숙이라고 막 불러.

"내가 은제?"

할머니가 큼큼, 헛기침을 했어.

"할매 인제 아프지 마, 응?"

"그래, 그래야제. 참, 이모할매가 밥은 해 주드나?"

나랑 이모할머니가 마주 보며 웃었어.

"그 웃음의 뜻은 뭐꼬? 니 또 아한테 배달 음식 시키 줬나? 밥하다가 귀신 같은 니 손톱 뿌라질까 봐?"

할머니야말로 귀신이거나 집 어딘가에 감시 카메라를 설치해 놓은 것이 틀림없어.

"어떻게 알았우?"

이모할머니가 손가락을 쫙 펴 매니큐어가 칠해진 손톱을 들여다보며 대꾸했어.

"뻔할 뻔 자 아이가! 언제 철들래?"

"사람마다 라이프 스타일이라는 게 있는데 너무 정숙 씨 방식을 강요하지 마셔!"

이모할머니가 맞받았어.

'또 시작이군.'

하지만 싫지 않았어. 오히려 정겹게 느껴지는 쌍둥이 할머니들의 티격태격하는 소리를 들으며 내 방으로 왔어.

다음 날 쉬는 시간에 민지가 다가왔어.

"이다온, 너 소매 속에 뭐 감추고 있다면서?"

나에게 말하면서 눈은 여해 쪽을 향해 있었어. 그저께 흉터를 만지다 방은혁과 눈이 마주쳤던 게 생각났어.

"누가 그래? 방은혁이 그래?"

발끈해서 따졌어.

"어? 그래, 은…… 은혁이가 그랬어!"

늘 어기차던 민지가 웬일로 말을 더듬었어.

"방은혁이 뭐래? 내가 뭘 감추고 있대?"

"그건 네가 직접 물어봐. 뭔지는 모르지만, 비밀스러운 거라던데……."

민지가 자기 자리로 돌아가며 말끝을 흐렸어. 요 며칠 민지는 대놓고 여해와 나 사이를 시샘했어. 화장실에 갈 때도 꼭 여해에게 같이 가자고 했고, 점심시간에 급식실에서 줄을 설 때도 나랑 여해 사이에 끼어 서려고 했어. 지금도 내 약점이라고 생각하는 것을 여해에게 알리려는 속셈이 분명했어.

"별거 아니야. 어렸을 때 덴 흉터일 뿐이야!"

나는 소매까지 걷으며 민지 뒤통수에 대고 소리쳤어. 자기 할 말만 하고 내 말은 듣지도 않고 쏙 가 버리는 민지가 얄미웠어.

"신경 쓰지 마. 네가 상대해 주지 않으니까 방은혁이 심술 나서 헛소문 낸 거야. 찌질한 자식!"

여해의 마지막 말에 나는 깜짝 놀랐어. 모범생 여해가 나를 위해 거친 말도 서슴지 않다니 말이야. 할머니도 거친 말, 아니 솔직히 할머니가 하는 것은 거친 말 정도가 아니라 순전히 욕이야. 동네에서 우리 할머니가 은연중에 욕쟁이 할머니로 통한다는 것을 나는 알고 있어. 누군가 도리에 어긋나는 일을 하면 할머니가 들입다 욕을 하기 때문이야.

"할매, 욕 좀 하지 마. 창피해!"

내가 옷소매를 잡아당길라치면 할머니는 더 큰 소리로 말했어.

"와, 내 입 갖고 저런 호랑말코 같은 것들한테 욕도 몬 하나?"

그러면 나는 할머니의 소매를 얼른 놓고 집으로 먼저 오곤 했어. 이모할머니도 사람은 늙을수록 교양이 있어야 한다며 할머니가 욕을 하면 질색했어. 할머니가 욕할 때는 창피했는데 여해는 멋있어 보이더라고.

  '그래, 헛소문 따위! 나에게는 여해가 있다고!'

  나는 여해를 보며 활짝 웃었어.

나쁜 예감

예상했던 대로 나는 여해에게 푹 빠졌어. 여해도 마찬가지
인 것 같았어. 민지가 대놓고 손을 내밀어도 여해가 내 손을
꼭 잡고 있는 것을 보면 말이야. 그런데 문제는 오지랖이라
이름 붙여진 내 호기심이었어. 결심에 결심을 거듭해도 여해
에 대한 궁금증이 꼬리에 꼬리를 무는 거야.

'여해네 집은 어떨까? 여해는 언니나 동생이 있을까? 엄
마, 아빠는 무슨 일을 하시지?'

나는 궁금증과 오지랖의 경계를 몰라 내내 서성였어.

삼월이 끝나 갈 무렵의 하굣길이었어.

"나는 할머니랑 둘이 살아."

여해가 "부모님은?" 하고 물어봐 주기를 바라면서 참다못해 먼저 말을 꺼냈어. 내 이야기를 하면서 여해에 대해 궁금한 것도 슬쩍 물어볼 작정이었어.

"응, 알아."

여해의 대꾸는 이게 다였어. 계획 실패!

"여해야, 넌 언니 있어? 혹시 동생은?"

결국 이러고 말았어.

"언니 둘이랑 유치원 다니는 동생 있어. 부모님은 회사에 다니시고."

여해는 아무렇지도 않다는 듯 물어보지도 않은 것까지 알려 주었어.

'에이, 괜히 긴장했네. 그래, 가족에 대해 좀 물어본다고 오지랖이라 생각할 리가 없지.'

여해의 대답에 궁금증과 오지랖의 경계선이 희미하게나마 보이는 것 같았어. 용기를 얻어 한 걸음 더 나아갔어.

"우리 집에 놀러 갈래?"

"응? 응…… 나중에……."

여해의 대답이 실망스러웠지만, 나중에 놀러 온다니까 괜찮다고 나 자신을 위로했어.

편의점 앞을 지날 때였어. 할머니가 빈 병을 모아 놓았다

가져다주는 할아버지가 종이 상자를 펼쳐 정리하고 있었어.
빈 병 몇 개가 주변에 굴러다녔어.

"안녕하세요?"

내가 다가가서 인사하자, 할아버지가 허리를 펴며 나를 봤
어.

"다온이 학교 갔다 오는구나."

"네, 저 병들 리어카에 실어 드릴까요?"

"그래 주면 고맙지."

"여해야……."

여해에게 병을 같이 실어 드리자고 말하려는데 여해는 저
만치 떨어져서 휴대폰을 보고 있었어. 병을 리어카에 얼른
실어 놓고 여해에게 갔어.

"아무래도 병은 좀 지저분하지? 누가 입을 대고 먹었을지
도 모르고."

여해는 병이 더러워서 만지는 걸 꺼리는 것 같았어.

"응……. 나 인제 집에 가 봐야 해."

여해가 얼버무리더니 서둘러 걷기 시작했어.

"나중에…… 나중에 우리 집에 놀러 오면 내가 떡볶이 해
줄게."

할아버지를 도와드리느라 어물거려서 여해를 곤란하게 했

나 싶어 미안했어. 여해는 대답 없이 앞만 보고 걸었어. 뭔가 화난 것 같아 마음이 쓰였어. 그러고 보니 할아버지도 여해 랑 같은 102동에 살고 계셔.

집에 도착하니 할머니와 이모할머니가 좁은 부엌에서 머리를 맞댄 채 멸치를 다듬고 있었어. 할머니는 요즘 집에 일찍 와. 건물 두 군데의 일을 그만두었거든. 이모할머니도 부쩍 자주 와. 언젠가 "사위 눈치 보여서 며칠 자고 가야겠우." 라고 했던 말이 생각났어. 나는 이모할머니의 사위를 고모부라 불러. 음식점을 하던 고모부는 통 장사가 되지 않아 손해를 많이 보며 가게를 팔았고, 마땅한 일을 정하지 못해 몇 달째 집에 있다고 했어.
'고모부가 많이 힘드신가?'
이모할머니가 안됐다는 생각이 들었어.
"언니, 한 군데 일도⋯⋯."
"다온이 듣는다. 고만해라."
이모할머니가 나를 흘깃 보며 손을 흔들었어. 가방을 놓고 나오려고 내 방으로 들어갔어.
"얼른 일 그만둬. 그러다 정말 큰일 난다니까!"
이모할머니가 비밀스러운 말을 하듯이 은근한 목소리로

말했어. 할머니는 밖에 나갈 때만 보청기를 껴. 이모할머니는 보청기를 끼지는 않지만, 텔레비전 소리를 자꾸 높이고. 이런 두 할머니가 목소리를 낮추었다고 생각하며 하는 말이 내 귀에 들리지 않을 리가 없어. 내 귀는 아직 십이 년밖에 사용하지 않아 보청기 못지않은 성능을 자랑하니까 말이야.

"무슨 큰일?"

내 방에서 나오며 할머니와 이모할머니를 번갈아 봤어.

"아이다, 큰일은 무신. 신경 쓸 거 없다."

"그럴 게 아니라 다온이도……."

"가스나야, 니는 쓸데없는 말 좀 그만 씨불이라!"

할머니가 거친 말로 이모할머니의 말허리를 잘랐어. 티격태격하기는 해도 윽박지르기까지 한 적은 없어서 놀라고 있는데 이모할머니가 벌떡 일어났어.

"그래, 정정숙 니 맘대로 해 봐라. 아등바등 돈 모다가 한 푼이라도 갖고 갈 수 있을 줄 아나? 사람 목숨이 중하지 그깟 돈이 뭐가 중하다고 미련을 떨어 쌌노, 떨어 쌌기를! 곰탱이도 아니고. 내사마 집에 갈란다!"

할머니를 향해 쏘아붙이고 이모할머니가 한쪽 다리를 끌며 휭하니 나가 버리는 거야.

할머니는 끙 소리를 내며 일어나 안방으로 가더니 이불도

펴지 않고 바닥에 누웠어. 할머니에게 내가 모르는 무슨 일이 생긴 것이 분명했어.

살그머니 할머니에게 다가가 낯빛을 살폈어. 할머니는 얼굴에 잔뜩 힘을 주며 눈을 꼭 감고 있었어. 눈가의 골 깊은 주름이 할머니가 골똘한 생각에 잠겨 있다고 말해 주었어.

이불을 꺼내 할머니에게 덮어 주고 안방에서 나왔어.

'무슨 일이 생긴 게 분명해. 이모할머니한테 전화해 볼까? 아직 화가 많이 나 있을까?'

그러다 이모할머니도 할머니처럼 사투리를 쓴 것이 생각났어. 심각한 중에도 웃음이 났어.

"언니는 고향 떠난 게 언젠데 아직까지 사투리를 쓰고 그러우?"

이모할머니가 할머니에게 타박 놓던 일이 떠올랐기 때문이야.

자기 전에 이모할머니와 통화를 했어. 이모할머니도 할머니처럼 별일 아니니 걱정하지 말라고 했어.

"그럼 아까는 왜 그렇게 화를 냈는데?"

"그거야 네 할매가 심한 소리를 하니까……."

이모할머니가 풀이 꺾인 소리로 대답했어.

사월이 되어 자리가 바뀌었지만 나는 여전히 여해랑 꼭 붙어 다녀. 우리 집에 놀러 오라고 했을 때 여해가 얼버무린 이후로 더는 놀러 오라는 말을 하지 않아. 여해는 친구 집에 놀러 가거나 친구를 집에 데려가는 것을 싫어하는 것 같았기 때문이야.

"여해야, 이따 학원 갈 때 같이 가자."

점심시간에 여해 자리에서 같이 만화책을 보고 있는데 민지가 다가와 이러는 거야. 나는 무슨 소린가 싶어서 민지를 올려다봤어.

"여해 인제 우리 학원 다녀. 몰랐어?"

민지가 우쭐거렸어. 지난주에 여해에게 학원 다닐 거면 나랑 같은 학원에 다니자고 했어. 그때 여해는 초등학교 공부

40

까지는 혼자 할 수 있다고 했거든. 그런데 며칠 사이 민지랑 같은 학원에 다닌다는 거야.

"엄마가……. 아무래도 중학교 갈 준비도 해야 하고, 또 민지가 다니는 학원이 잘 가르쳐 준다고……."

여해가 당황한 듯 더듬거리며 설명했어.

"그랬구나. 그럼 잘 가르쳐 주는 데 가야지."

나는 섭섭한 마음을 감추며 짐짓 명랑하게 대꾸했어.

학교를 마치자, 여해랑 민지가 나란히 학원으로 갔어.

6학년이 되어 처음 혼자 하는 하교였어. 5학년 때까지 어떻게 혼자 다녔나 싶을 정도로 집이 멀게 느껴졌어.

집으로 돌아와 힘없이 학원 가방을 챙겼어. 그때 어둡던 내 머릿속에 한 줄기 빛이 들어왔어.

'맞아, 학교 갈 때 만나면 되지!'

여해도 일찍 등교하니까 여해네 동 앞에서 기다리다 같이 학교에 가면 될 것 같았거든.

> 내일 학교 갈 때 너희 집 앞에서 기다려도 돼?

　학원으로 가며 여해에게 톡을 한 다음 수시로 확인했지만, 읽지 않았다는 표시인 1이 사라지지 않았어.
　집으로 돌아와 저녁을 먹고 나서야 여해에게서 연락이 왔어.

> 응.

　짧아서 아쉬웠지만 여해와 짝이 된 첫날처럼 분명한 대답이라 믿었어.

　다음 날 아침에 일찌감치 집을 나섰어.
　"웬일이고? 오늘은 서쪽에서 해가 떴는갑다."
　내가 알아서 할 틈도 주지 않고 늘 잔소리 먼저 하는 할머니가 말했어.
　"응, 저녁에는 동쪽으로 진다지 아마?"
　할머니 말에 맞장구를 쳐 주고 여해네 집 앞으로 갔어. 그런데 한참을 기다려도 여해는 나오지 않았어.
　휴대폰을 꺼내 만지작거리다 전화를 해 봤지만, 여해의 휴

대폰은 꺼져 있었어. 지각하기 직전까지
기다리다가 학교를 향해 뛰었어.
'어디 아픈가? 병원에 갔다 오려나?'
혹시라도 여해에게서 연락이 올까 봐 휴
대폰을 손에 꼭 쥐고 뛰었어. 4층에 있는
우리 교실까지 계단을 두 칸씩 밟아
올라갔어. 이렇게 늦게 등교해 본
적이 없어서 가슴이 마구 뛰었어.
텅 빈 복도에 헐떡이며 내쉬
는 내 거친 숨소리만 났어.
살그머니 교실 뒷문을 열었는데도 몇몇
아이들이 돌아봤어.
뒤돌아보는 아이 중에 여해가 있었
어. 흔들리는 여해 눈동자를 마주하자,
가슴에서 무언가가 휙 빠져나갔어.

골탕

1교시 수업이 끝나자마자 여해와 민지가 밖으로 나갔어. 화장실에 갔더니 둘이 세면대 앞에 서 있더라.

"내일부터 놀이터에서 기다릴게. 집 앞에서 기다리는 건 사생활 침해 아니니?"

민지가 기다렸다는 듯이 나를 보자마자 큰 소리로 떠벌렸어. 내가 집 앞에서 기다리기로 한 것을 여해가 민지에게 말한 것 같았어.

"다온아, 미안해. 깜박하고 일찍 왔어."

내가 가까이 가자 여해가 사과했어. 핑계가 분명한데 눈빛이 진지해 보여서 혼란스러웠어. 겨우 고개를 끄덕이고 제일

끝에 있는 칸으로 들어갔어. 눈치 없이 눈물이 나오려고 했어. 울지 않으려 고개를 젖히며 심호흡을 했어.

나는 여해가 '깜박했다.'와 '일부러 일찍 학교에 왔다.'의 사이에서 오전 내내 시소를 탔어.

'깜박한 게 맞을 거야!'

급식실에 가려고 줄을 설 때 결론을 내리고 물통을 챙겨서 여해 뒤에 섰어. 여해 앞에는 민지가 서 있었어. 여해가 뒤돌아 나를 보고 웃었어. 속상했던 마음이 사르르 녹았어.

급식실에서 식판을 들고 식탁으로 갔는데 민지까지 앉고, 여해랑 나는 다음 식탁에 앉게 되었어.

'민지 빼고 여해랑 둘이 앉게 됐어!'

기쁨도 잠시, 민지가 선생님을 힐끗 보더니 다른 빈 식탁에 앉는 거야.

"여해야, 이리 와."

그러고는 자기 옆자리를 가리키며 여해를 불렀어.

"다온이 너는 저쪽 남은 자리에 앉으면 되겠네."

얄미운 소리까지 하더라고.

"싫어. 네가 앉을 자리에 왜 내가 앉아야 해?"

한마디 해 주고 여해 옆에 앉았지만, 밥 먹는 내내 나는 없는 사람 취급을 받았어. 여해와 민지는 같이 다니는 학원 애기를 계속했어. 어느새 둘 사이에 내가 끼어들 틈이 없는 것 같았어.

어떻게 먹었는지 모르게 점심을 먹고 교실로 왔어.

"다온아, 우리 두 명씩 편 나눠서 보드게임 할 건데 같이할 래?"

민지가 웬일인지 사근사근한 목소리로 묻는 거야. 민지 옆에는 여해와 민지의 단짝 서현이가 있었어. 급식실에서의 일이 미안해서 그러는 것 같았어.

'그래, 민지가 그렇게까지 나쁜 애는 아닐 거야. 여해랑 단짝이 아니면 어때? 같이 놀면 되지.'

물통을 가방에 넣고, 5교시에 공부할 교과서를 꺼내 책상 위에 올린 다음 교실 앞으로 갔어. 여해, 민지, 서현이와 다른 여자아이 한 명까지 모두 네 명이 앉아 있었어.

"왜 이렇게 늦게 왔어? 한 명이 더 와서 짝이 딱 맞게 됐네!"

내가 가까이 가자, 민지가 이러는 거야. 어이가 없었어.

"야, 김민지!"

민지에게 따지려는데 서현이가 게임판을 소리 나게 탁 펼쳤어.

"그새 한 명이 더 왔다고? 나 놀리려고 짠 건 아니고?"

내가 따져 물었지만, 아무도 대답하지 않았어. 나를 골리려고 짠 게 틀림없었어.

"왜들 이렇게 시끄럽게 하냐?"

내 자리로 오는데 방은혁이 빙글거리며 물었어. 못 본 척 내 자리로 와서 여해 등만 쏘아봤어. 눈물이 차올라 눈을 깜박이지도 못했어.

다음 날, 여해가 나를 피하고 있다는 것이 종일 온몸으로 느껴졌어. 내가 무엇을 잘못했는지 물어보고 싶었지만, 여해 옆에는 늘 민지나 서현이가 있었어. 집에 가서 톡으로 물어 봐야겠다고 생각하며 가방을 챙기는데 민지가 다가왔어.

"우리 운동장에서 미션 술래놀이 할 건데 같이할래?"

전날 그렇게 골려 놓고 이런 말을 하는 민지가 뻔뻔스러워 보였어.

"내가 또 속을 줄 알아?"

"어제는 정말 미안. 일부러 그런 건 아니었어. 그사이 한 명이 더 오는 바람에 그렇게 된 거야, 정말이야."

민지 뒤에 서 있던 아이들이 고개를 끄덕였어. 제일 뒤쪽에 서 있던 여해와 눈이 마주쳤어. 여해가 얼른 눈을 피했어.

'같이 놀다 보면 여해와 말할 기회가 생길지도 몰라. 그러면 뭔지는 모르겠지만, 오해도 풀 수 있을 거고.'

이런 생각이 들었어.

"좋아, 그렇지만 오래는 못 놀아."

"우리도 어차피 학원 가야 해."

민지 표정이 단박에 밝아졌어. 나하고 노는 것이 그렇게 기쁜 일일까 싶었어.

세 명씩 짝을 지어 미션 팀과 추격 팀으로 편을 나누었어.

미션 팀인 나와 두 명은 추격 팀이 미리 숨겨 둔 미션 종이를 찾아다녀야 해. 민지와 여해, 서현이는 추격 팀이라 우리를 뒤쫓는다고 했어. 텔레비전에서 연예인들이 하는 것을 본 적이 있어서 규칙을 쉽게 이해했어. 나는 달리기를 잘하는 편이라 잡히지 않을 자신이 있었어. 이기고 싶은 욕심이 슬그머니 생기면서 기대감이 확 밀려왔어.

"십 초 센다. 일, 이……."

민지가 숫자를 세는 것과 동시에 나를 포함한 미션 팀 세 명이 달리기 시작했어. 나는 미끄럼틀, 나무둥치, 벤치 아래 등을 살피며 열심히 미션 종이를 찾았어. 미션 종이는 어디에도 없었어. 미션 종이만 없는 게 아니었어. 나를 쫓는 추격 팀도 없었어. 추격 팀 세 명은 나 말고 다른 두 명만 계속 쫓아다니고 있었어.

'내가 너무 빨리 뛰어서 포기했나?'

슬그머니 아이들 곁으로 다가갔어. 민지가 나를 보더니 쫓아오는 시늉을 했어. 그래, 그냥 시늉일 뿐이었어. 민지는 내가 달리기 시작하자 따라오는 척하다가 슬쩍 다른 아이를 쫓아갔어.

"여우하고는 살아도 곰탱이하고는 몬 산데이!"

할머니는 이렇게 말하며 눈치가 있어야 어디 가든 대접받

는다고 했어. 할머니 때문인지 원래 그렇게 태어났는지 나는
눈치가 빠른 편이야. 어떤 때는 오히려 눈치가 너무 빨라 애
답지 않다고 할머니한테 핀잔을 들을 때도 있었어. 어느 장
단에 춤을 추어야 할지 모르겠지만, 그랬어.

"나 그만할래!"

운동장 한가운데서 내가 소리쳤어. 이리저리 뛰며 내 눈치
를 살피던 아이들이 슬금슬금 다가왔어.

"짜잔! 지금까지 투명 인간 놀이였습니다!"

민지가 양팔을 펼치며 외쳤어. 민지를 노려봤어.

"야, 게임 가지고 뭘 그래? 이제 다른 사람을 투명 인간으
로 정할 거란 말이야."

기가 막혔어. 나를 완벽하게 가지고 논 거였어.

"그래, 다온아! 이제 다시 시작할 거야."

서현이가 내 소매를 잡으며 달래듯 말했어. 이번에도 나를
골려 주려고 다 같이 짠 게 틀림없었어.

"투명 인간 놀이라고? 이제 모두 아는데 투명 인간을 어떻
게 정할 거야?"

내가 따져 묻자, 아무도 대답하지 못했어. 가방을 찾아 메
고 집으로 뛰었어. 민지도, 서현이도 다른 아이들도 다 상관
없었어. 여해가 미웠어. 나를 편들어 주지 않아도 괜찮았어.

적어도 여해라면, 내가 단짝이자 완벽한 친구라고 믿었던 여해라면, 나를 골려 주는 놀이에 끼면 안 되는 거잖아. 그동안 나 편한 대로 좋게만 생각했던 여해의 행동이 하나하나 떠올랐어. 단짝 친구에 목말라 얼마나 눈치 없게 굴었던 것인지, 나 자신이 한심해서 눈물이 나왔어.

"니, 울었나? 눈이 와 이래 빨갛노?"

집으로 들어오는 나를 본 할머니가 놀라 물었어.

"아니야, 뭐가 들어갔는지 비벼서 그래."

그런데 내 코맹맹이 소리가 운 게 맞다고 실토해 버리는 꼴이었어.

"니 요새 학교에서 무슨 일 있제? 똑바로 말해 봐라. 안 되겠다. 선생님께 전화해 봐야겠다!"

할머니 채근에 머리가 지끈거렸어.

"할매! 정말 아무 일도 아니야. 선생님께 전화해 봐야 소용없어. 그러니까 절대로 전화하면 안 돼, 알았지?"

할머니한테 사정하다시피 다짐을 두고 내 방으로 들어와 이불을 뒤집어쓰고 누웠어.

"엄마는 어디에 살까?"

안방에 놓인 가족사진을 보고 엄마에 관해 물은 적이 있어. 갓난아기인 나를 안은 할머니가 의자에 앉아 있고, 할머니 뒤에 아빠와 엄마가 나란히 서 있는 사진이야.

"내도 모른다!"

엄마 얘기가 나올 때마다 할머니는 무 자르듯 했어. 무작정 내 편만 드는 할머니, 앞뒤 가리지 않아 일을 더 복잡하게 만드는 할머니 말고 의논할 사람이 있으면 얼마나 좋을까 싶었어. 사진 속, 언니같이 젊고 예쁜 엄마 얼굴이 자꾸 어른거려서 눈을 꼭 감았어.

사과 편지

"요즘 친구들하고 무슨 일 있어?"

점심시간에 선생님이 교사 연구실로 나를 부르더니 물었어. 할머니가 기어코 전화한 것 같아.

"……."

"다온아, 말해야 도와줄 수 있어."

선생님이 타이르듯 부드럽게 말했어. 할머니한테 화가 났어. 아침에 일어나니 여해는 어쩔 수 없이 놀이에 끼었을 거라는 생각이 들었거든. 여해랑 얘기만 하면 기다란 줄넘기처럼 뒤엉킨 관계를 풀 실마리를 찾을 수 있을 것 같았어. 그런데 할머니 때문에 선생님까지 알아 버려서 이제는 정말 되돌

릴 수 없게 됐어.

"말하기 싫구나? 그래, 알았어. 일단 교실로 가자."

내가 끝내 아무 말도 하지 않자 선생님이 말했어. 선생님과 나란히 교실로 들어오는데 사물함에 올라앉아 있던 방은혁이 나를 빤히 봤어.

"청소 당번은 오늘 그냥 가도 좋아. 대신에 선생님이 부르는 사람들은 남도록 해."

수업을 모두 마친 후 선생님이 말했어. 뒤이어 투명 인간 놀이를 했던 아이들 중, 나를 뺀 나머지 다섯의 이름이 불렸어. 아이들이 무슨 일이냐는 듯 눈빛을 주고받는 것을 보며 나는 고개를 숙였어.

'어떻게 아셨을까? 누가 말했을까? 정말로 할머니가? 다들 내가 고자질했다고 생각하겠지?'

집으로 돌아오는 내내 머릿속이 복잡했어. 저녁밥을 먹는 둥 마는 둥 했어. 할머니는 내 눈치를 살피기만 하고 학교 일은 물어보지 않았어. 전화하지 말라고 그렇게 사정했는데 기어코 선생님께 전화한 할머니가 미웠어. 속에서 뭔가가 부글부글 끓는 것 같았어.

다음 날, 아침 자습 시간에 선생님이 어제 남은 다섯 명과

나를 교사 연구실로 데리고 갔어. 선생님이 아무 말
없이 아이들을 둘러봤어.

"미안해. 우리가 심했어."

서현이가 먼저 입을 열었어.

"미안, 다시는 그런 장난을 치지 않을게."

뒤이어 민지가 말했지만, 사과로 들리지 않았어.

'장난이었다고?'

장난은 다 같이 재미있어야 하는 거라던 선생님 말씀이 생각났어. 아무 말 없이 민지 옆에서 고개 숙이고 있는 여해를 봤어. '여해도 재미있었을까?' 하는 생각이 문득 들었어.

"사과 편지를 받고 싶어요."

선생님과 아이들의 눈이 커졌어.

"그래, 사과는 받는 사람 마음이 풀릴 방법이어야 해."

아이들은 선생님 앞이라 드러내지 않았지만, 당황한 것 같았어. 여해와 더 멀어질 거라는 생각이 뒤늦게 들었어. 하지만 이미 엎질러진 물이었어.

방과 후에 아이들 편지를 가방에 넣고 집으로 왔어. 여해 편지를 제일 먼저 읽고 싶었지만 참았어. 민지를 비롯한 아이들의 편지는 구구절절해서 선생님을 흡족하게 하고도 남을 것 같았어.

마지막으로 여해 편지를 읽었어. 기대와 달리 여해 편지도 다른 아이들 것과 별반 다르지 않았어. 구구절절했지만, 진심이 느껴지지 않았어. 이번에도 다섯이 짠 것 같아 마음이 풀리기는커녕 더 상하고 말았어.

등교 첫날에 짧지만 분명하게 대답하던 여해는 어디로 간 것일까? 이제는 정말 여해와 끝이라는 생각이 들었어.

그동안 여해의 눈치를 보며 마음 졸였던 것을 생각하니 한편으로 차라리 잘됐다는 생각마저 들었어. 하지만 마음이 텅 빈 것같이 허전했고, 선생님께 전화한 할머니를 향한 마음이 뾰족해졌어.

"놀다가 그런 일로 누구는 사과 편지까지 받았다며?"

"어디 무서워서 같이 놀겠냐?"

몇몇 아이들이 비슷한 얘기를 수근거렸어. 아이들의 말에 나는 아무런 대응도 할 수 없었어. 왠지 우리 반 아이들 모두 그런 마음일 것 같았기 때문이야.

나와의 일로 다섯의 우정은 더욱 도타워진 듯했어. 특히 여해와 민지는 이제 떼려야 뗄 수 없는 단짝으로 보였어.

"보기 싫구로 와 또 흉터를 만지노?"

할머니가 텔레비전을 보며 흉터를 만지고 있는 내 손을 쳤어. 속에서 부글거리며 끓던 것이 울컥하고 올라왔어.

"왜, 왜 만지면 안 되는데? 할매는 나한테 일만 시키고, 내가 하지 말라는 욕도 하고, 선생님께 마음대로 전화도 했으면서!"

"니 미쳤나? 어데서 할매한테 도끼눈을 뜨고 대드노, 대들기를! 전화는 또 뭐꼬!"

할머니가 내 등을 철썩 때렸어. 다른 때 같았으면 "할매가 아무리 등짝 스매싱을 날려도 이제는 하나도 안 아프거든." 이러면서 넘겼을 텐데 속이 꼬일 대로 꼬여서 또 대들고 말았어. 할머니 말대로 미친 듯이 바락바락.

"할매 맘대로 엄마도 못 만나게 해 놓고, 그래 놓고 인제 와서 뭐 하러 찾아!"

내 말에 손녀 버릇 다잡으려고 서슬 퍼렇던 할머니 얼굴이 순식간에 컴컴해졌어.

"이게 무슨 일이야? 언니, 다온아, 왜 그래?"

이모할머니였어. 문 열리는 소리를 듣지도 못할 만큼 나는 있는 힘을 다해서 할머니에게 대들었고, 그런 만큼 할머니는 충격을 받은 것 같았어.

아이들에게 사과 편지를 받은 이후, 나는 교실에 있는 게 불편했어. 더군다나 방은혁이 낸 소문 때문인지 반 아이들은 짧은 소매 옷을 입어 드러난 내 흉터를 흘끗거렸어. 잘못한 것은 아이들인데 왜 내가 왜 불편해야 하는지 억울했지만, 따져 볼 의욕이 없었어. 밝혀서 뭐 하나 싶었어.

그날, 그러니까 내가 할머니와 이모할머니의 대화를 들은 날은 학교에 있기 싫어서 조퇴를 한 날이었어. 선생님이 할머니에게 내 조퇴를 알리려고 전화했지만, 받지 않았어.

내 방에 누워 있는데 현관문 열리는 소리가 났어. 나는 자는 척 눈을 감았어.

"그러니까 지금 다온 에미 사는 데를 알아냈다는 거 아니유?"

기차 화통을 삶아 할머니랑 사이좋게 나누어 먹은 이모할머니 목소리였어.

'어?'

벌떡 일어나 이부자리에서 빠져나왔어. 할머니들은 얘기하며 들어오느라 현관에 벗어 놓은 내 신발을 미처 보지 못한 것 같아. 소리 나지 않게 방문을 살짝 열고 귀를 쫑긋 세워 문밖으로 내밀었어. 심장이 두망방이질 쳐 댔어.

"어떻게 지낸대?"

호기심 가득한 이모할머니 목소리였어.

"내도 아직 모른다."

"저도 인제 정신 차렸겠지 뭐. 안 그러우?"

"그러면 다행이제. 그래야 우리 다온이를……."

할머니가 말을 멈추었어.

"왜, 다온이 보내게?"

보지 않아도 이모할머니가 할머니에게 바짝 다가가며 묻는 소리.

"아이다, 내가 델꼬 살아야제. 내 새낀데 어델 보내노? 갸 상황도 모르고……."

할머니의 내 새끼라는 말이 낯설었어. 한 번도 할머니한테 들어 보지 못한 말이었어. 오히려 이모할머니가 내 엉덩이를 두드리며 한 번씩 하는 말이야. 할머니가 한 말을 되새겨 봤어. '갸' 상황이 좋다면 보낼 수도 있다는 말로 들렸어. 나를 보내지 않을 거면 인제 와서 왜 엄마 사는 데를 알아봤을까 싶기도 했어.

"그나저나 다온 에미 참 독하네. 아무리 못 오게 했어도 연락 한번 없으니 말이유."

"내도 이래 발걸음을 딱 끊을 줄은 몰랐다. 다온이 보러 한 번은 올 줄 알았제."

"못 오게 했더라도 언니가 잘못한 거 하나 없우. 다온 에미가 오죽했어야 말이지."

이모할머니의 말로 추측해 봐서는 엄마가 뭔가 큰 잘못을 한 것 같았어.

"후유, 단디 삐진 것 같다. 내 죽으믄 장례식 때는 올라

나……."

할머니의 말끝에 한숨이 매달렸어.

"기분 나쁘게 왜 그런 말을 하우?"

이모할머니가 할머니를 타박했어. 곧이어 부엌에서 그릇 부딪는 소리가 나서 문을 닫고 이부자리로 돌아왔어.

무슨 일이 있었는지는 모르겠지만, 엄마를 오지 못하게 한 할머니가 미웠어. 그런가 하면 어쨌거나 나를 키워 준 할머니가 고맙기도 했어.

하루에도 몇 번씩 뒤바뀌는 내 마음을 종잡을 수 없었어. 할머니가 선생님께 전화한 데 대한 앙금이 풀리지 않은 것도 한몫했어. 그날 이후 엄마를 만날 수도 있다는 기대로 마음에 파릇한 싹이 돋았어. 그동안은 막연하던 그리움이 구체적으로 모습을 드러내기 시작한 거야.

"할매가 어매 몬 오게 해서 미안타."

이모할머니가 차려 준 저녁상에 둘러앉았을 때 할머니가 사과했어. 이모할머니는 요즘 우리 집에서 살다시피 해. 할머니와 수군수군 뭔가 의논하기도 하고, 할머니가 귀신 같다던 손톱을 깎고 이렇게 밥도 했어.

"언니가 뭐 일부러 그랬우? 다 다온이 위해서 그런 거지. 우리 똘똘한 다온이가 그거 모를까 봐? 그렇지, 다온아?"

"왜 엄마랑······."

"니는 마 지금까지맨쿠로 어매는 없다 생각하고 그래 살믄 된다!"

그사이 기운을 회복한 할머니가 엄마랑 떼어 놓는 게 왜 나를 위한 일인지 물어보려던 내 말을 잘랐어. 이번에는 무뿐만 아니라 내 마음에 자란 파릇한 싹까지 싹둑. 이모할머니가 고봉으로 담아 준 밥을 꾸역꾸역 다 먹고 내 방으로 돌아와 문을 쾅 닫았어.

여해의 비밀

억지로 먹은 고봉밥이 얹혔는지 속이 부대껴서 잠이 오지 않았어.

'할매가 바늘로 따 주면 금방 내려갈 텐데⋯⋯.'

명치를 누르고 끅끅거리면서도 할머니한테 가지 않았어. 할머니와 나 사이를 뚫어 줄 바늘도 필요한 것 같아.

할머니가 무엇을 하는지 소란한 기척에 잠이 깼어. 창으로 햇살이 가득 들어와 지각인 줄 알고 벌떡 일어났어. 다행히 토요일이었어. 부대끼던 속은 가라앉았지만, 할머니에게 꼬인 마음은 그대로여서 밖으로 나가고 싶지 않았어. 버티고 버티다 소변이 급해 더는 참을 수 없게 되었을 때, 슬그머니

문을 열고 나왔어.

화장실로 가며 흘깃 보니 장롱 문, 싱크대 문, 신발장 문까지 문이란 문은 죄다 열려 있고 바닥은 발 디딜 틈이 없었어. 할머니는 중얼거리며 서랍 속을 들여다보고 있었어.

얼마 전부터 할머니는 혼잣말을 더 심하게 하고, 나는 흉터를 더 자주 만져. 할머니 말대로라면 할머니가 나를 위해 기도를 부쩍 많이 한다는 뜻이겠지. 그렇다면 흉터를 더 자주 만지는 나는 뭘까?

"뭐 하노? 깼으믄 퍼뜩 아침 묵고 할매 좀 도와라."

화장실에서 나오자마자 할머니가 다그쳤어. 아무 일도 없었다는 듯 심상하게 말이야.

"이모할머니는? 할매, 오늘 일 안 가?"

꽁하고 있던 게 머쓱해서 나도 아무렇지 않은 척 물었어.

"뭐 좀 챙기 온다고 집에 갔다. 그라고 할매 일 그만둔 게 은젠데 일 타령이고?"

알려 주지도 않았으면서 할머니는 또 뚝뚝하게 내뱉었어. 괜히 말을 걸었다는 후회가 물밀듯 밀려왔어.

"집이 하도 복잡시러버가 정리 좀 하는 중이다."

뚝뚝한 대답이 마음에 걸렸는지 누그러진 투로 할머니가 덧붙였어. 할머니 얼굴이 해쓱하고 까맸어.

"이 옷가지들 좀 102동 할배 갖다주고 온나."

대부분 할머니 옷을 정리한 것이었어. 할머니가 숨을 몰아쉬었어. 가쁜 숨을 내쉬는 할머니를 보니 속이 상했어.

"할매 몸이나 챙겨! 할매가 지금 누구 도와줄 때야?"

마음과 다른 말이 불쑥 튀어나와 버렸어.

"할매 오늘은 니캉 싸울 힘 없데이. 퍼뜩 갖다주고 온나."

옷가지가 담긴 봉지를 양손에 나누어 들고 102동으로 갔어. 그렇게 궁금하던 여해네 집이 있는 102동. 엘리베이터를 타러 가는데 비상계단 쪽으로 급하게 올라가는 여해가 보였어. 엘리베이터를 타지 않는 것을 보니 2층이나 3층에 사는 것 같더라고.

7층에서 내려 복도 끝에 있는 할아버지 집으로 갔어. 벨을 눌렀지만 기척이 없어서 하던 대로 문 앞에 봉지를 내려놓았어. 엘리베이터를 기다리는데 비상계단 쪽에서 여해가 나왔어. 여해와 나는 잠깐 놀랐지만, 못 볼 것이라도 본 양 누가 먼저랄 것 없이 고개를 돌렸어.

사과 편지를 받은 이후 나는 여해를 똑바로 볼 수 없었어. 사과 편지까지 받은 내가 지나쳤다는 생각과 단짝 친구라 믿었던 여해에 대한 배반감이 뒤섞인 묘한 감정이었어.

'7층이나 되는데 여해는 왜 엘리베이터를 타지 않고 걸어다닐까?'

엘리베이터를 타고 내려오는데 문득 궁금증이 일었어. 하지만 이제야말로 오지랖이라는 생각에 고개를 흔들어 떨쳐 버렸어.

복잡하던 집은 늦은 오후가 돼서야 말끔해졌어. 버릴 것이 커다란 비닐봉지로 몇 개나 나왔어. 102동 할아버지에게 가져다줄 옷과 책도 몇 봉지 더 나왔어. 어디에 이렇게 많은 물건이 숨겨져 있었나 싶더라.

"다온아, 단디 들어라."

정리를 마친 할머니가 앉으라는 듯 방바닥을 손으로 쓸며 말했어.

"응?"

심상치 않은 할머니 목소리에 가슴이 쿵 내려앉았어.

"병원에서 할매 좀 길게 입원해야 한다 카드라."

말을 멈추고 나를 건너다보는 할머니 눈동자가 탁했어.

"할매······."

이제라도 잘못했다고 해야 하는데 입이 떨어지지 않았어. 못돼 먹은 내가 한심했어.

"인제 와서 뭘 숨기겠노? 할매 몸이 마이 망가졌다 카네. 병원에 오래 있어야 할지도 모르겠다."

할머니 몸이 망가졌다는 말에 코끝이 찡해 아랫입술을 꼭 깨물었어. 집 안을 이렇게 말끔하게 정리한 것이 불길했어. 102동 할아버지에게 가져다준 할머니 옷을 찾아오고, 버리려고 내놓은 물건들을 다시 들여놓고 싶었어.

"당분간은 이모할매가 와 있을 기다."

할머니가 불쌍하고 대들었던 일이 미안했는데, 아무 말도 할 수 없었어. 뭔가가 말을 못 하게 목구멍을 꽉 틀어막고 있는 것 같았어.

일요일 오후에 이모할머니와 비닐봉지를 나눠 들고 102동 할아버지 집으로 향했어. 그런데 102동 쪽 경비실 앞에 사람들이 모여 웅성거리고 있었어. 이모할머니와 눈짓으로 의견을 주고받은 다음 사람들에게 다가갔어. 이럴 때 보면 이모할머니와 나는 찰떡궁합이야. 내 호기심인지 오지랖인지는 아무래도 이모할머니를 닮은 것 같아.

"영감님, 이게 벌써 몇 번째예요? 소방법 위반이에요. 그러니까 이제부터는 절대로 계단에 병 쌓아 놓으시면 안 돼요. 아시겠어요?"

경비 아저씨가 102동 할아버지에게 큰 소리로 이야기하고 있었어. 부탁이나 당부인 것 같은데 너무 큰 소리로 말해서 혼내는 것처럼 보이더라고.

"노인네들은 다 귀가 먹었다고 생각하나? 목소리하고는!"

이모할머니가 못마땅한 듯 한마디 했는데 목소리가 너무 커서 모인 사람들의 눈길이 이모할머니에게 쏠렸어. 우리는 약속이나 한 듯 뒷걸음질해 엘리베이터 앞으로 갔어. 아주머니 둘이 엘리베이터를 기다리며 수군거리고 있었어.

"아무도 안 다쳤으니 망정이지, 뭣 때문에 병을 다 깨 놨을까요?"

"그러게 말이야. 7층 꿈터에 사는 애가 비상계단으로 급히 가는 모습이 감시 카메라에 여러 번 찍혔다네."

엘리베이터를 타지 않고 비상계단을 이용해 7층으로 올라오던 여해 생각이 났어.

"저도 언젠가 비상계단에서 나오는 거 봤는데, 애 괜찮아 보이던데요?"

"그거야 모르지. 사람 겉 보이지 속 보이나? 혹시 얼마 전에 옥상에서 난리 친 것도 그 집 애들 아닐까? 그 집에 불량해 보이는 중학생 있더구먼."

"옥상에서 무슨 난리를 쳤는데요?"

"자기 몰랐구나? 왜 술……."

말하다 말고 뒤에 서 있는 이모할머니와 나를 흘깃 보더니, 나머지 말은 귀에 대고 속삭여서 듣지 못했어. 하지만 눈치 백 단인 내 짐작으로는 이런 말이지 싶었어.

'술 먹고 놀아서 난리도 아니었잖아!'

"할머니, 꿈터가 뭐야?"

집으로 돌아오며 물었어.

"글쎄, 듣기로는 오갈 데 없는 애들 보호하는 시설 같은 거라고……."

이모할머니가 괜한 말을 했다는 듯 얼버무렸어.

"보육원 같은 거?"

왜 자꾸 여해 생각이 나는지 몰라.

"응, 뭐…… 비슷하겠지? 나도 잘은 몰라. 얼른 가자, 네 할매 기다리겠다."

왠지 이모할머니가 말을 돌리는 것처럼 느껴졌어.

집으로 돌아오니 현관에 작은 여행 가방이 나와 있었어. 할머니가 내일 병원에 가져갈 것들을 미리 챙겨서 내놓은 것 같았어.

"참, 정 여사 성질 급한 거 알아줘야 해. 우물에서 숭늉보다 더한 것도 찾을 거야."

가방을 보며 이모할머니가 농담을 던졌어. 하지만 나는 덩그러니 놓여 있는 가방이 어쩐지 외로워 보여서 웃음이 나오지 않았어.

월요일 등굣길이었어.

"야, 이다온!"

누가 불러 돌아보니 민지였어. 그 옆에는 서현이가 있었고, 웬일로 여해는 없었어. 대꾸하고 싶지 않아 내처 걸었어.

"야!"

민지 목소리가 높아졌어.

"너는 알고 있었지?"

민지가 달려와 묻더라.

"뭘?"

"윤여해, 꿈터에 사는 거 말이야!"

'아, 여해가 맞았구나!'

걸음을 멈추고 민지를 봤어.

"세상에, 순 구라쟁이 윤여해! 꿈터에 살면서 잘사는 척을 그렇게 했단 말이야?"

이런 말을 아무렇지도 않게 하다니…… 부끄러움을 모르는 민지가 한심했어.

"응, 알고 있었어. 근데 그게 뭐 어때서?"

민지를 향해 턱을 치켜들었어.

"정말 아무렇지도 않아? 그렇게 잘사는 척, 모범생인 척해 놓고……."

"야, 저기 윤여해 온다."

이렇게 말하는 서현이 뒤편으로 어깨가 축 처진 여해가 보였어.

"하여튼 윤여해 우리랑은 이제 끝이야. 걔, 구라 심하니까 너도 조심하는 게 좋을 거야."

이러면서 민지가 서현이와 팔짱을 꼈어.

"너야말로 오지랖이 풍년이다!"

작은 소리로 소심한 복수를 했어.

"뭐래?"

민지는 이러더니 서현이와 휑하니 가 버렸어.

민지는 여해가 있건 말건 온종일 꿈터 이야기를 떠벌렸어. 민지가 떠벌린 이야기는 이랬어.

'꿈터는 보육원 같은 건데 엄마로 정해진 어른 한 명에 동성의 아이 서너 명이 모여 가족을 이룬다. 보호 시설이라는 것을 드러내지 않기 위해 아파트 단지 안에 섞여 있다. 우리 단지 안에도 다섯 집 정도가 있다. 어른들은 겉으로는 아닌 척하지만, 속으로는 달갑게 여기지 않는다.'

"티가 안 나서 감쪽같이 몰랐어!"

"그러게, 우리 아파트에 임대만 있는 게 아니었어. 집값 떨어질까 봐 우리 엄마는 은근히 걱정하더라."

서현이 말에 민지는 아무렇지 않게 대꾸했어. 어떻게 하루 아침에 손바닥 뒤집듯 태도를 바꿀 수 있는지 신기했어. 여해 쪽은 일부러 보지 않았어. 하지만 여해가 어떻게 하고 있을지 짐작이 가고도 남았어. 그동안 여해가 나에게 한 일을 생각하면 고소하게 여겨야 하는데 그렇지 않았어.

"야, 너희들은 하루 종일 그 얘기냐? 인제 그만 좀 해라."

이렇게 말린 건 놀랍게도 방은혁이었어. 민지가 방은혁과 여해를 번갈아 보며 어깨를 으쓱하더라.

집으로 돌아와 얼음을 꺼내려고 무심코 냉동실 문을 열었다가 굴러떨어진 반찬 통에 기어코 발등을 찍히고 말았어.

"아, 할매……."

발이 아픈 것도 잠시, 가슴이 덜컥 내려앉으면서 할머니가 입원한 것을 실감하게 됐어. 병원 가기 전에 종일 정리하더니 냉동실은 그대로인 게 이상했어. 뒤이어 "니캉 싸울 힘 없데이." 하던 할머니 말이 생각났어. 얼마나 힘들었으면 성질 급한 할머니가 마무리를 못 지었을까 싶었어. 학원 갈 시간까지 삼십 분 정도 여유가 있었어.

냉동실 정리를 시작했어. 먼저 검은 비닐봉지 덩어리들을 하나하나 꺼내 열어 봤어. 먹다 남은 밥, 생선 토막, 떡 조각,

마늘에 생강, 파, 고추 썰어 놓은 것 등 별게 다 나왔어.

"이게 다 언제 적 거야?"

오래돼 보이는 건 버리려고 따로 빼놓았어. 다시 보관할 것은 검은 비닐봉지를 벗기고 투명한 비닐봉지에 옮겨 담았어. 그것들을 넣다 보니 냉동실 문 안쪽 칸에도 검은 비닐봉지가 있었어. 납작한 것이 만져졌어.

"뭐지?"

겹겹이 싸인 봉지를 풀었어. 은행 통장 여러 개와 도장이 나왔어.

"통장을 왜 냉장고에 넣어 놨지?"

뭔가 할머니의 비밀을 보는 것 같아 망설이다가 통장을 열어 봤어. 돈이 많게는 몇백만 원부터 적게는 몇만 원까지 들어 있는 통장들이었어.

거기에는 몇천 원부터 몇십만 원까지의 입금 기록이 찍혀 있었어. 또 입금 기록 사이사이에는 같은 금액이 달마다 빠져나간 흔적이 있었고. 두세 군데의 무슨 단체 이름이었어. 학교에서 저금통을 나누어 주며 모금 활동을 하던 단체 이름도 있었어. 나는 서둘러 통장을 원래 있던 자리에 넣고 냉동실 문을 닫았어.

가리고 싶은 흉터

학원에 다녀오니 이모할머니가 저녁밥을 하고 있었어.

"할매 입원 잘 했어?"

학원에 가기 전, 몇 번이나 휴대폰을 들었지만 끝내 할머니한테 전화하지 못했어. 왜 자꾸 마음과 다르게 행동하는지 나도 내 마음을 몰라 답답했어.

"잘 했지, 그럼."

이모할머니의 대답 뒤에 한숨이 따라 나왔어.

"왜, 할매한테 무슨 일 있어?"

"아니야, 한숨은 할머니의 유일한 흠이지. 이놈의 한숨!"

이모할머니가 입 때리는 시늉을 하며 웃었어.

"할매 보러 가도 돼?"

"주말에 같이 가 보자. 할매한테 전화는 했지?"

이모할머니가 무심한 척 대답하던 끝에 물었어.

"학원 가느라……. 밥 먹고 할 거야."

"알아서 하겠지만, 할매한테 잘해야 돼……. 알지?"

"응, 알아."

그러고도 반찬을 만드는 이모할머니 옆에 계속 서 있었어. 엄마에 관해 묻고 싶었는데 어떻게 말을 꺼내야 할지 몰라 망설였어.

"왜, 할 말 있어?"

"저기…… 할머니도 엄마 사는 데 알아?"

이모할머니가 하던 일을 멈추고 나를 봤어.

"왜, 찾아가 보게?"

찾아가 볼 생각은 아니었는데 이모할머니 말을 듣자, 가 보고 싶다는 생각이 불쑥 들었어.

"아니, 그냥……."

그래도 대답은 이렇게 했어.

"그래, 뭐 하러 찾아가. 연락 한 번……. 어쨌든 사는 곳은 나도 몰라."

이모할머니가 얼버무렸어. 이유야 어떻든, 십 년이 넘도록

한 번도 자식을 찾지 않은 엄마. 이모할머니처럼 나도 한숨이 나오려는 것을 겨우 참았어.

엄마를 한번 만나야겠다는 생각이 들자, 마음이 자꾸 급해졌어. 만나서 뭘 할 건지, 무슨 말을 할 건지 아무 계획도 없었어. 그냥 만나고 싶었어. 만나고 싶다는 바람이 커질수록 흉터를 자주 만졌고, 언젠가부터 흉터 부위가 가렵기 시작했어. 흉터가 큰 것도 아니고 이미 다 아물었는데 자주 만진다고 가렵다는 게 이상했어.

여해는 교실에서 주로 방은혁과 함께 있었어. 민지와 서현이는 여해와 나를 티 나지 않게 따돌렸어. 나는 상관없었지만, 여해는 다른 것 같았어. 오죽하면 방은혁과 어울릴까 싶더라고.

"여해, 저러다 무슨 일 생기는 거 아니야?"

수업을 마치고 방은혁과 함께 가는 여해를 보며 누군가 말했어.

"그러게, 방은혁 소문 되게 안 좋던데."

"너도 들었어? 노는 중학생들이랑 어울린다고 하던데 맞아?"

"그뿐이 아니야. 5학년 애들이 방은혁한테 돈을 갖다 바친다는 소문도 있어."

"정말? 말만 들어도 무섭다!"

아이들 말을 듣고 나니 슬그머니 여해가 걱정됐어. 하지만 곧 진심이 느껴지지 않던 사과 편지를 생각하며 고개를 저었어. 정말이지 더는 오지랖 소리를 듣고 싶지 않았어.

할머니가 병원에 입원하고 며칠이 지났을 무렵이었어. 점심시간에 화장실로 가서 휴대폰을 켰어. 할머니가 입원하고부터는 짬짬이 휴대폰을 확인해야 안심이 됐거든.

> 다온아, 전화 좀 해.

> 전화하지 않아도 돼.

이모할머니의 문자 메시지 두 개가 나란히 떠 있었어. 무슨 일인가 싶어 얼른 전화를 걸었어.

"응, 할매가 갑자기 좀……. 이제 괜찮아졌어. 걱정하지 말고 공부해."

수업 시작을 알리는 음악 소리가 나서 무슨 일인지 자세히 묻지도 못하고 전화를 끊었어. 교실로 돌아오는데 또 흉터 부위가 가려웠어. 흉터를 긁다가 나를 보며 수군거리는 여해와 방은혁을 봤어. 그 아이들의 시선이 닿은 곳은 내 흉터였어. 흉터를 내려다보니 성나서 빨갛게 부어 있었어.

집으로 돌아오자마자 긴소매 옷을 꺼냈어.

토요일에 이모할머니와 병원에 가려고 집을 나섰어. 할머니 상태가 갑자기 나빠졌었지만, 지금은 안정을 되찾았다고 했어. 할머니는 코에 산소 호흡기를 꽂고 있었어.

"할매……."

더 해쓱해진 할머니 얼굴을 보니 마음이 아팠어. 며칠 사이 몸도 더 작아진 것 같았어.

"왔나? 일로 온나."

할머니가 내 손을 끌어당겨 침대 가까이 앉혔어.

"날도 더븐데 와 긴소매를 입혀서 왔노?"

할머니가 타박하듯 이모할머니를 쳐다봤어.

"나 아니유. 다온이가 골라 입은 거지. 제 나름대로 멋이라도 부렸나 보지."

"누가 뭐라 캤나? 냉장고에서 음료수 꺼내 줘라."

할머니는 무안한지 이렇게 말하면서 내가 입고 있는 겉옷을 벗기려고 했어.

"괜찮아, 하나도 안 더워."

할머니를 말리며 옷을 여몄어.

"덥다 마. 퍼뜩 벗어라."

할머니가 이렇게 나오면 고집을 꺾지 못해. 마음대로 하려는 할머니에게 짜증이 나려 했지만, 왼쪽 팔이 보이지 않게 최대한 몸을 틀며 옷을 벗었어. 하지만…….

"이기 뭐꼬?"

매의 눈처럼 예리한 할머니의 시선을 피할 순 없었어.

"응, 그냥 좀 긁었더니……."

손으로 얼른 흉터를 가렸어.

"그러게, 어쩌다 이렇게 됐어?"

이모할머니가 내 손을 치우더니 흉터를 만지며 큰 소리를 냈어.

"됐다 마. 호들갑 떨지 말고 집에 가서 연고나 발라 줘라."

괜찮다는 사람 억지로 옷을 벗겨서 흉터가 드러나게 한 게 할머니인지 이모할머니인지 헷갈리더라고. 이모할머니도 어이없다는 표정이었어.

"내, 생전 장례식 할 기다!"

이모할머니가 건네준 음료수를 홀짝이고 있는데 할머니가 선포하듯 말했어.

"생전…… 뭐?"

이모할머니와 나는 동시에 할머니를 봤어.

"죽기 전에 미리 하는 장례식 말이다. 하는 사람 많다던데 모르나?"

할머니가 남들 다 아는 걸 왜 모르느냐는 표정으로 우리를 봤어.

"언니가 왜 그런 걸 해?"

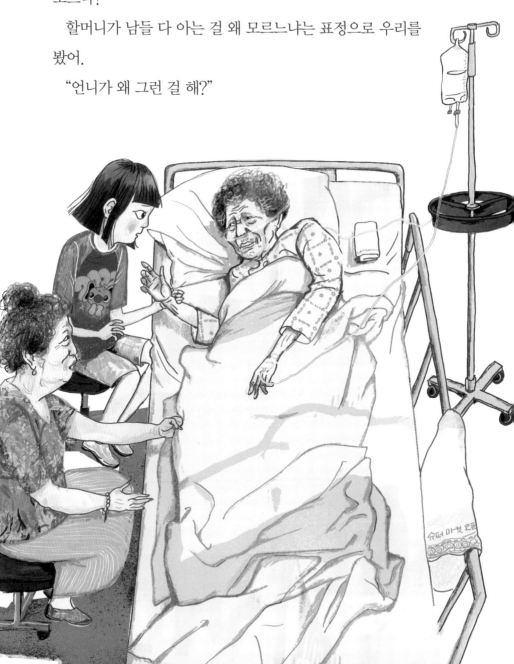

이모할머니는 화가 난 것 같았어. 나는 텔레비전에서 보고 특이하다는 생각을 한 적이 있었어.

"어차피 한 번은 죽는다. 내 죽고 사람들 모이면 뭐 하노? 죽기 전에 보고 싶은 사람 보고, 하고 싶은 말도 해야제."

"하고 싶은 말 그냥 하면 되잖아. 왜 꼭 장례식을 하면서 해야 돼?"

이모할머니 목소리가 높아졌어.

"먼젓번, 전염병 돌 때 보니 장례식 못 하는 사람도 숱하더라. 사람 일이 우예 될지 알고."

"그러니까, 사람 일이 어떻게 될지 알고……."

이모할머니가 이러더니 밖으로 휙 나갔어.

"싫어!"

나는 자리에서 벌떡 일어서며 소리쳤어. 할머니는 놀라는 기색도 없이 나를 봤어.

"와, 와 싫노?"

"장례식은 사람 죽었을 때 하는 거잖아. 할매는 죽지도 않았는데 왜 그런 걸 하냐고!"

텔레비전에서 봤을 때는 좋은 점도 있겠다 싶었어. 하지만 할머니가 한다니 따져 볼 것도 없이 싫었어.

"목소리 낮차라. 사람들 본다."

다른 병상에 있던 사람들이 우리를 기웃거리는 기척이 느껴졌어.

"사람들이 뭐? 좀 보면 어때! 장례식 못 할까 봐 그렇게 겁나? 할매는 왜 이렇게 이기적이야. 왜 맨날 할매 하고 싶은 대로만 하는데? 그렇게 빨리 죽고 싶어?"

한 번이 힘들지 두 번째부터는 쉽다는 말이 맞았어. 한 번 할머니에게 대들어 보니 또 대드는 것이 어렵지 않았어.

"고마하고 할매 말 좀 들어 봐라."

"들을 거도 없어. 할매 맘대로 해. 나는 생전 장례식인지 뭔지 절대로 안 갈 테니까!"

병실이 떠나가라 소리치고 밖으로 뛰쳐나왔어.

다음 날이었어. 할머니가 돌아가실지도 모른다는 두려움에 비하면 단짝 같은 건 아무래도 상관없다는 걸 여해를 본 순간 깨달았어. 쉬는 시간에 여해와 눈이 마주쳤지만, 피하지 않았어. 내가 똑바로 보자 여해가 내 눈을 피했어. 여해뿐만 아니라 민지와 서현이의 따돌림도, 방은혁의 빈정거리는 것 같은 눈빛도 별것 아니라는 생각이 들었어.

'치, 아무것도 아닌 것들이…….'

마음이 자꾸 사나워졌어.

"저기, 다온아."

하굣길에 교문 앞에서 여해가 기어들어 가는 소리로 나를 불렀어. 나는 여해를 한 번 휙 보고 말았어.

"할 말이……."

"왜, 민지네랑 못 노니까 이제 내가 필요해?"

내가 생각해도 독한 말을 쏟아붓고 집으로 향했어. 이제는 여해에게 관심도 없고, 단짝 같은 건 아무것도 아닌 줄 알았는데 자꾸만 뒤돌아보고 싶었어. 여해에게 건너가려는 마음을 다잡으려고 성큼성큼 걸었어.

"왜 이렇게 늦었어? 전화는 또 왜 안 받고?"

경비실 앞에 있던 이모할머니가 다급하게 내 쪽으로 왔어.

"왜에? 전화……."

여해 때문에 가방에서 꺼내지도 못한 휴대폰 생각이 났어.

"네 할매가……."

이모할머니의 떨리는 목소리를 듣자, 얼굴에서 핏기가 확 가시는 느낌이 들었어.

화해

"챙겨 갈 게 있어서 잠깐 집에 왔는데 병원에서 연락이 왔어. 네 할매가 의식이 없다고, 아니 의식은 있다고 했던가? 여하튼 상태가 나빠졌으니 보호자 빨리 오라고……. 왠지 너를 데려가야 할 것 같아서 기다리는데 너는 안 오지, 마음은 바쁘지. 그래서 학교에 전화했더니……."

이모할머니가 두서없이 하던 말을 멈추고 코를 팽 풀었어.

"걱정하지 마. 조금 전에 안정 되찾았다고 담당 간호사한테서 전화 왔으니까."

"응응……."

그제야 내 입에서 울음이 터져 나왔어.

"부쩍 상태가 안 좋네. 에구, 불쌍한 우리 언니……."

이모할머니가 내 어깨를 감싸안았어. 할머니도, 이모할머니도 늘 괜찮다고 했었는데…… 불쌍하다는 말을 들으니 큰일 났다 싶어 울음을 멈출 수 없었어.

"으응. 컥, 커억……."

택시에서 내릴 즈음에는 딸꾹질까지 나왔어.

할머니는 자고 있었어. 이모할머니가 보호자용 의자를 끌어다 할머니 옆에 앉게 해 주었어. 뼈와 핏줄이 훤히 드러난 할머니 손등을 쓰다듬었어. 할머니 손은 바싹 마른 나무껍질같이 거칠었고, 툭툭 불거진 마디는 옹이처럼 딱딱했어.

"네 할매는 죽어라 일만 하더니……."라고 했던 이모할머니의 말이 떠올랐어.

"다온아, 아무래도 네 할매 생전 장례식인가 뭔가 해 줘야겠다. 이러다 마지막 말도 못 듣고 보낼 수 있겠어."

"우리 할매 손, 왜 이렇게 말랐어?"

대답 대신 물었어.

"응, 당뇨는 원래 합병증이……."

이모할머니는 말을 맺지 못했어.

그림자가 길어질 무렵, 할머니가 잠에서 깼어.

"언제 왔노?"

"한참 됐어. 언니 잠들고 바로 왔으니까."

"아는 머 한다고 델꼬 왔노? 공부하게 놔두지."

할머니는 나를 외면한 채 계속 이모할머니만 보며 말했어.

"할매 맘대로 해!"

불쑥 말해 놓고 나서야 할머니 작전에 말려들었다는 걸 깨달았어.

"머를?"

할머니의 능청스러운 모른 척. 굳이 내 입으로 말하게 해서 굳히기에 들어가겠다는 뜻이야.

"생전 장례식 말이야!"

"그럼 그라까?"

할머니가 내 말 뒤에 확인 도장을 꽝 찍었어.

"하여튼 우리 언니 대단해. 혹시 아까 상태 나빠졌다는 거도 거짓말 아니었우?"

"우에 알았노? 니 눈은 뚫고 보는 송곳눈이가?"

"농담을 다 하고, 장례식 한다니까 엄청 좋은가 보네. 이렇게 좋아하는데 두 번 해 줄까, 다온아?"

이모할머니 말에 할머니와 내가 마주 보며 웃었어. 정말 오랜만에 나는 할머니를 보며 웃었어. 하필 할머니 장례식 얘기를 하면서 말이야. 할머니가 여전히 긴소매 옷으로 가린 내 팔을 누긋이 바라봤어. 나도, 할머니도 짐짓 모른 척했어.

　

이모할머니와 집으로 돌아오는데 공동 현관 앞에서 여해가 서성이고 있었어. 나는 곧장 엘리베이터 앞으로 가 버튼을 눌렀어.

"저, 저기…… 다온아."

"……."

"우리 다온이 친구니?"

이모할머니가 나 대신 알은척했어.

"우리 집에 가자. 떡볶이 해 줄게."

이모할머니가 여해 손을 덥석 잡더니 마침 도착한 엘리베이터를 탔어. 이모할머니는 나에게 친구가 거의 없다는 걸 알고 있어.

"할머니, 그게 아니고……."

"얼른 타지 않고 뭐 해?"

내가 어물거리자 이모할머니가 재촉했어.

"착하게 생겼네. 우리 다온이 만나러 온 거 맞지?"

"네."

이모할머니의 물음에 여해가 짧게 대답했어.

'첫날처럼 분명한 긍정을 담은 대답일까, 아니면 같이 등 교하자고 했을 때처럼 뭔가를 숨긴 대답일까?'

방금 한 여해의 대답이 무엇일까 궁금했어.

"여기 앉아."

이모할머니가 어색해하는 여해를 안방에 앉히고 선풍기를 여해 쪽으로 틀어 주었어. 나는 엉거주춤 서 있다가 여해와 좀 떨어진 곳에 앉았어.

"무슨 떡볶이 해 줄까? 라면 넣어서 해 줄까, 라…… 뭔가 하는?"

"라볶이!"라는 말이 튀어나오려고 해서 마른침을 꼴깍 삼 켰어. 이모할머니가 부엌으로 간 다음, 여해와 나는 방바닥 만 내려다보고 있었어.

"할 말이 있어서 왔어."

여해가 먼저 입을 열었어.

"이따 밖에 나가서 해."

"응……."

그러고는 또 어색해하고 있는데 이모할머니 가방에서 문 자 알림음이 들렸어. 어색함을 이겨 보려고 무릎걸음으로 다 가가 가방을 열었어. 할머니가 보낸 문자 메시지였어. 할머 니의 이름 아래로 한 줄 정도 되는 메시지 내용이 보였어.

'다온 에미'라는 글씨가 눈에 확 들어왔어. 차마 꺼내지는 못
하고 가방을 닫았어. 가슴이 두근거렸고, 가방으로 자꾸만
눈이 갔어.

이모할머니가 해 준 라볶이는 맵고 짰어. 우리 할머니도
음식을 맵고 짜게 하는 편이라 나는 괜찮았는데 여해는 연신
물을 마셨어. 나중에는 눈물까지 찍어 냈어.

"매워? 엄마가 매운 거 안 해 주나 보구나? 하긴 몸에 좋
을 건 없지."

이모할머니가 혼자 묻고 혼자 대답했어. 이모할머니가 꺼
낸 엄마라는 말이 괜히 미안해서 여해를 봤어.

"우리 다온이는 혼잔데 너는……."

아뿔싸! 이모할머니가 나랑 같은 별에서 왔다는 걸 깜박하
고 있었어.

"할머니, 우리 놀이터에서 놀다 올게."

이모할머니 말을 얼른 막았어.

"그럴래? 또 놀러 와."

이모할머니가 여해를 보며 활짝 웃었어.

"미안해, 다온아."

놀이터 벤치에 앉자마자 여해가 틀린 답을 고치듯 또박또
박 말했어.

"뭐가?"

뭐가 미안하다는 건지 정말이지 궁금했어.

"전부 다! 학교 같이 가자 해 놓고 잊어버린 척하며 먼저 간 것도, 너 골리는 놀이에 낀 것도, 또……."

여해가 울먹이기 시작했어.

"이번에는 진심인 거야? 사과 편지처럼 검사받기 위한 거 아니고?"

나도 모르게 뾰족한 말이 나왔어.

"사과 편지도 미안해. 정말 다 미안해."

여해가 훌쩍였어. 괜찮다는 말이 나오지 않았어. 여해 때문에 애태웠던 일이 떠올라 마음이 더 단단하게 굳었어.

"인제 와서 무슨 소용이야, 다 끝났는데."

나는 벤치에서 발딱 일어났어.

"내 말 잠깐만 들어 주면 안 돼?"

여해가 사정했어. 생각으로는 벌써 집까지 반은 갔는데 한 발짝도 뗄 수 없었어.

"나도, 나도 네가 좋았어. 진심이야."

좋았던 사람에게 한 행동이라니 어이없어 대꾸도 하고 싶지 않았어.

"전학 오기 전에 보호 시설에 산다는 소문이 나서 힘든 일

이 있었어. 그래서 꿈터로 옮겼는데 네가 자꾸 이것저것 물어보고, 우리 집에도 오고 싶어 하는 눈치라…….”

여해가 말을 끊고 코를 훌쩍 들이마셨어.

“물론 네가 소문낼 거로 생각해서 그런 건 아니야. 그냥, 그냥 두려웠어. 같은 일이 반복될까 봐. 꿈터 사는 게 드러날까 봐 비상계단으로 다니기까지 했어. 그럴 때 민지가 다가왔고……. 민지 핑계를 대서 미안해. 맞아, 핑계일 뿐이야. 내가 겁쟁이고 비겁했어!”

여해가 손으로 얼굴을 가리고 소리 내 울었어. 어떻게 해야 할지 몰라 당황스러웠어. 그런데 여해의 울음이 전염이라도 되듯 내게 건너왔어. 나도 여해를 따라 울었어. 돌아가실

지도 모르는 할머니, 나를 두고 나가 연락 한 번 없는 엄마, 그리고 여해 때문에 속상했던 일이 한꺼번에 몰려왔어. 그렇게 울다가 우리는 인사도 없이 쭈뼛쭈뼛 헤어졌어. 우는 거 싫은데 난 요즘 참 자주 울어.

집으로 돌아오니 이모할머니 코 고는 소리에 천장이 들썩이는 것 같았어. 코까지 골며 자기에는 이른 시각이었어. 이모할머니도 많이 피곤할 거라는 생각이 곧이어 들었어. 이불을 꺼내 이모할머니 배를 덮어 주고 선풍기 타이머를 맞췄어. 그때 이모할머니 머리맡에 놓인 휴대폰 불빛이 반짝였어. 마치 '다온아, 얼른 문자 확인해야지!'라는 듯이 말이야.

엄마

이모할머니 휴대폰을 두 손으로 감싸안고 내 방으로 왔어. 가슴이 어찌나 뛰는지 그 소리에 내가 다 놀랄 지경이었어.

할머니가 보낸 문자 메시지 내용은 엄마 주소가 전부였어. 전화번호도 있으면 좋았겠지만, 주소라도 어디냐 싶었어. 문자 메시지 내용을 내 휴대폰 카메라로 얼른 찍었어. 휴대폰을 제자리에 두려고 가 보니 이모할머니는 여전히 코를 골며 세상모르게 자고 있었어.

내 방으로 돌아와 주소를 자세히 들여다봤어. 주소 끄트머리에 '진미 식당'이라는 가게 이름이 씌어 있었어.

'식당을 하시나?'

이모할머니 휴대폰의 문자 메시지를 훔쳐보면서까지 내가 엄마를 만나고 싶어 하는 진짜 이유가 무엇인지 생각해 봤어. 그러자 애써 모른 척했던 걱정이 모습을 드러냈어.

'할매가 돌아가시면 나는 누구랑 살지?'

돌아가실지도 모르는 할머니 걱정보다 내 살 궁리를 먼저 하는 것 같아 부끄러웠어.

"사위 눈치가 보여서……."

그렇지만 곧이어 이모할머니가 한 말이 생각났어. 역시나 이모할머니하고도 같이 살 수 없을 듯했어. 아무리 도리질해도 불쑥불쑥 올라오는 걱정을 잠재울 수 없었어. 이모할머니가 발라 준 연고 덕분에 덧났던 흉터는 가라앉고 있었지만, 더 큰 불안이 그 속에 도사리고 있는 것만 같았어.

엄마 주소를 안 지 일주일이 넘도록 나는 아무것도 하지 못했어. 주소를 매일 들여다봤어. 주소가 엄마도 아닌데 볼 때마다 가슴이 두근거렸어. 길 찾기 앱으로 검색해 보니 우리 집에서 두 시간 정도의 거리였어.

'어쩌지?'

또 흉터로 손이 가려다 멈칫했어. 여해가 손을 흔들며 뛰어오고 있었기 때문이야.

"미안, 미안! 엘리베이터를 탄 뒤에 보니까 휴대폰을 놓고 왔지 뭐야."

집으로 찾아왔던 다음 날 등굣길에 여해가 나를 기다리고 있었어. 우리 집 공동 현관 앞에서.

"같이 가도 되지?"

여해가 쭈뼛쭈뼛 다가오며 물었어. 나는 고개만 끄덕였어. 얼싸안고 운 건 아니었어도 함께 울고 나니 여해의 아픔에 공감이 됐어. 그동안 얼마나 힘들었을까 싶었어. 나는 할머니에 이모할머니까지 있는데 여해는 언제부터 보호 시설에서 살았는지 모르겠지만, 의지할 사람이 아무도 없는 것 같았기 때문이야.

"무슨 걱정 있어?"

여해가 내 얼굴을 살피며 물었어.

"그냥……."

말할까 말까 망설이며 얼버무렸어.

"얘기해 봐. 나누면 기쁨은 두 배로 늘고, 걱정은 반으로 준다잖아."

여해는 이렇게 어른스러운 말을 잘해. 처음 친해졌을 때 나에게 완벽했던 여해를 지금 더 확실히 느끼는 중이야.

"사실은 엄마 주소를 알게 됐어."

"응? 어, 어…… 그랬구나."

여해는 내가 왜 할머니랑 사는지 자세히 몰라.

"아빠 돌아가시고 나가셨대."

"잘됐다. 놀랐지? 엄마 만나고 싶겠다."

여해가 내 마음을 짚어 냈어.

"만나고 싶은데 용기가 안 나. 나를 못 알아볼 것 같고……. 어쩌면 반가워하지 않을 수도 있고."

"일단은 그냥 멀리서 뵙고만 오면 어떨까? 왜, 드라마 같은 데 나오잖아."

출생의 비밀을 가진 여자 주인공이 먼발치에서 친엄마를 보며 흐느끼는 장면이 떠올랐어. 비까지 뿌려지는 장면에 이르러 웃음이 나왔어. 그러자 그동안 무거운 돌덩이처럼 짓누르던 일이 조금은 가볍게 느껴졌어.

"그래도 될까?"

"그럼! 일단 가 보고 다음에 만나도 될 것 같은데."

듣고 보니 그럴듯했어. 엄마를 만나는 것은 용기가 나지 않았지만, 떨어져서 보기만 하는 것은 지금 당장이라도 할 수 있을 것 같았거든.

"혹시…… 같이 가도 돼?"

여해가 조심스러운 투로 물었어.

"……."

"아, 별 뜻은 없고 그냥…… 옆에 있어 주고 싶어서. 아냐, 아냐. 같이 안 가도 괜찮아."

얼른 대답이 나오지 않아 머뭇거리는 사이에 여해가 스스로 한 말을 거두어 갔어.

"그래, 같이 가자."

"정말?"

여해가 환하게 웃으며 되물었어. 할머니와 연락이 되지 않아 안절부절못했을 때 화장실 앞을 딱 지켜 주었던 여해 생각이 나서 든든했어.

할머니는 며칠 전에 요양원으로 옮겼어. 요양원은 병원보다 덜 복잡했고, 사람들 표정도 편안해 보였어. 그래서 그런지 훨씬 집 같은 느낌이 들었어. 할머니가 거의 다 나은 것 같은 기분마저 들었다니까.

할머니의 장례식 준비는 순조롭게 이루어지는 듯했어. 요양 보호사 선생님이 장례식 준비를 도와주었어. 날짜는 칠월 끄트머리라 했고.

'다른 장례식과 달리 생전 장례식은 날짜를 마음대로 고를 수 있으니 그건 좋네.'

이런 생각이 들었지만 내색하지 않았어.

엄마를 보러 가기로 한 전날, 여해가 우리 집에 와서 입고 갈 옷을 골라 주었어. 여해가 나보다 더 들떠 보였어.

"몰래 보기만 하고 올 건데 이렇게까지 해야 돼?"

"우리 엄마가 그랬어. 운명의 신이 언제 손을 내밀지 모르니 항상 준비하고 있어야 한다고."

엄마라는 말에 나도 모르게 여해를 빤히 봤어.

"아, 물론 지금 같이 사는 엄마."

여해는 이렇게 자연스럽게 엄마 얘기를 하는데, 나는 왜 자꾸 여해에게 엄마가 없다는 생각이 드는지 몰라.

그날 밤은 설렘 반, 걱정 반으로 잠이 오지 않았어. 밤늦게 화장실에 가는데 이모할머니가 할머니와 통화하는 소리가 들렸어.

"응, 만나고 왔어."

'엄마를?'

단번에 내 심장이 부풀어 오르는 듯했어.

"일단 언니랑 다온이 사정은 얘기해 놨어. 그 식당에서 일해 주고 식당에 딸린 방에서 자는 것 같더라고."

할머니가 무슨 말을 하는지 이모할머니는 "그러니까, 그러게 말이야."와 같은 말을 계속했어.

"그놈의 게임인가 뭔가에 빠져서 애한테 화상까지 입힌 정신 나간 어미 아니유?"

이모할머니 한숨에 장단이라도 맞추듯 내 가슴이 뛰기 시작했어. 내 손은 바로 흉터로 갔어. 화상 입은 애는 당연히 나고, 그 흔적이 이 흉터인 것 같았어. 내가 흉터를 만질 때마다 화내던 할머니가 떠올랐어.

"지금? 내 보기에 별반 달라진 것 같지 않더라고. 행색도 추레하고……."

엄마를 말하는 것 같았어. 별반 달라지지 않았다는 건 아직도 '그놈의 게임인지 뭔지'에 빠져 있다는 뜻인 듯하고.

"언니가 직접 봐야 상태를 알 텐데……."

이모할머니가 전화를 끊는 것 같아 얼른 내 방으로 돌아왔어. 잠은 더 멀리 달아나 버렸어.

부모가 게임 중독이어서 갓난아이를 굶겨 죽였다는 뉴스를 본 적이 있어. 남의 일로만 여겼는데 바로 내 일이었어. 할머니가 왜 엄마를 오지 못하게 했는지, 엄마 얘기만 나오면 왜 무 자르듯 했는지, 내가 흉터를 만질 때마다 왜 그렇게 화를 냈는지 단번에 이해가 됐어.

밤새 뒤척였어. 모를 때는 엄마가 그리웠는데, 이제는 엄

마가 미웠어. 나를 방치해서 다치게 하고, 아무리 할머니가 오지 말라고 했더라도 끝내 보러 오지 않은 엄마가 원망스럽기도 했어. 그런가 하면 가슴 한편에는 또 그리운 마음이 고여 있었어.

엄마를 보러 가면 안 될 것 같았어. 할머니한테 죄송한 일이잖아. 아니야, 솔직히 말하면 별반 달라지지 않았다는 이모할머니 말에 또 어떤 상처를 받게 될지 두려웠어. 아무리 내 이름의 뜻을 떠올려도, 소리까지 내서 되뇌어 봐도 힘이 나지 않았어.

나중에 설명해 주겠다는 말과 함께 엄마를 보러 가지 않겠다는 톡을 여해에게 보냈어.

하늘나라 환송회

엄마를 보러 가지 않은 이유를 여해에게 말해 줘야 하는데 입이 떨어지지 않았어. 속상했고, 창피했어.

'차라리 아무것도 모르는 게 나았을걸.'

뒤늦은 후회일 뿐이었어.

월요일에는 학교에도 가지 못하고 앓았어. 아물어 가던 흉터가 다시 가려웠는데, 이전의 가려움과는 비교가 되지 않았어. 흉터를 긁다가 약기운에 잠이 들었어.

잠이 깨면 또 흉터를 긁었어. 아무리 긁어도 가려움이 사라지지 않아 괴로웠어. 내 괴로움과 상관없이 시간은 잘도 흘러갔어.

여름 방학을 하고 얼마 지나지 않아 할머니 생전 장례식 날이 되었어. 바로 며칠 전까지도 할머니는 그냥 환자복을 입겠다며 고집을 부렸어.

"손님들도 오는데 한복까지는 아니더라도 새 옷 정도는 입어 줘야 하는 거 아니유?"

"뭐 좋은 날이라고 새 옷까지 떨쳐입노? 그래 새 옷이 입고 싶으믄 니나 해 입어라."

그렇게 원해서 하는 장례식이면서 할머니는 앞뒤가 맞지 않는 말을 했어.

"할매는 환자복 입고, 이모할머니는 새 옷 사 입으면 안 돼? 싸우지 좀 말고!"

"그래."

"안 돼!"

내 타박에 할머니와 이모할머니가 동시에 대답하더니 아이들처럼 천진하게 웃었어.

"좋다 마, 새 옷을 해 입는 대신 비싼 건 안 된다!"

할머니가 한 발짝 물러났어.

"진작 그럴 일이지. 대신 내가 쏠게."

이모할머니가 승리의 미소를 지었어. 이렇게 쉽게 마음이 맞을 거면서 그동안 왜 싸웠나 싶더라고. 그런데 막상 이모할머니가 사 온 블라우스를 본 할머니는 입을 다물지 못했어. 구슬이 잔뜩 달려 있었기 때문이야.

"내 이래 요란한 옷은 돌잔치 때 입고 첨 입어 본다."

할머니가 통박을 줬어.

"돌잔치는 했고?"

"맞다, 우리 집 형편에 뭔 돌잔치를 했겠노. 그래 마, 돌잔치 때 몬 입은 거 지금 입는다 생각하믄 되지."

고집쟁이 할머니가 이렇게 말하는 걸 보니 마음에 든 게 분명했어. 화려한 옷을 보고 입을 다물지 못했던 건 싫어서가 아니라 좋아서였던 거야.

생전 장례식은 요양원의 일 층에 있는 손님맞이 방에서 하기로 했어. 전날 여해는 요양 보호사 선생님을 도와 꽃과 풍선을 달았어. 나는 구석에 맥없이 앉아 파티장으로 변하고 있는 손님맞이 방을 그야말로 손님처럼 구경했어.

어쩔 수 없이 생전 장례식을 하라고는 했지만, 내키지 않는 마음을 어찌할 수는 없었어.

여해는 엄마에 대해 묻지 않았어. 내가 말할 때까지 기다려 주려는 것 같았어. 여해는 참 속이 깊어. 나 같았으면 못 참고 얘기를 꺼냈어도 벌써 꺼냈을 텐데 말이야.

마지막으로 출입구와 마주 보는 벽 한가운데 '정정숙 할머니 하늘나라 환송회'라는 제목의 현수막이 걸렸어.

식장을 꾸미기 전에 이모할머니와 함께 내가 입을 옷을 사러 갔어. 한여름이라 긴소매 옷을 찾을 수 없었어.

"날씨가 더워서 그런가, 아문다 싶더니 또 덧났네?"

이모할머니가 걱정스레 말했어. 몇 군데를 돌아다녀 겨우 긴소매 원피스를 살 수 있었어.

"그렇게 보기 싫은 것도 아닌데 그냥 짧은 옷 입으면 안 돼?"

내가 긴소매 옷 사느라 힘들었던 얘기를 하자 여해가 말했어. 옷 속에 숨겨진, 흉해질 대로 흉해진 내 흉터를 보지 못해서 하는 말이었어. 여해와 방은혁이 내 흉터를 흘깃거리며 수군거리던 생각이 났어.

"사실은 너랑 방은혁이 수군거린 날부터 긴 옷을 입었어."

조금은 원망하는 마음을 담았어.

"응, 무슨?"

여해는 영문을 모르는 것 같았어.

"아⋯⋯. 있지, 그거 수군거린 거 아니야. 은혁이가 너 자꾸 흉터 만지는 거 보니 불안한가 보다며 걱정한 거야."

여해는 억울한 표정이었어.

"방은혁이 내 걱정을 했다고, 설마?"

108

민을 수 없었어. 그러고 보니 여해는 방은혁을 은혁이라
부르고 있었어.

"응, 그리고 이건 은혁이가 비밀이니까 절대 말하지 말라
고 한 건데……."

망설이는 여해를 보자 더 궁금해졌어. 방은혁과 나 사이에
비밀이라니 정말이지 있을 수 없는 일이었기 때문이야.

"뭔데?"

"사실은……."

"응, 사실은 뭐?"

참지 못하고 채근했어.

"나쁜 일 아니니까 그냥 얘기할게. 사실은 투명 인간 놀이
한 거 은혁이가 선생님께 말한 거래."

맙소사! 너무 놀라서 입이 딱 벌어졌어. 그것도 모르고 그
동안 할머니만 원망했잖아.

"네 흉터 얘기도 은혁이가 한 게 아니고 민지가……."

민지 이름을 꺼내고 나서 여해가 시무룩해지더니 입을 다
물었어.

"헐, 진짜?"

그동안 나는 방은혁을 볼 때마다 노려보고, 오해하고, 무시
했어. 껄렁거리는 게 싫어서 무조건 거부해 버렸던 방은혁. 그

방은혁이 결과와 상관없이 나를 도우려 했다니…….
정말이지 '맙소사!'라는 생각만 들었어.

"놀랐어?"

내 표정을 살피며 여해가 물었어.

"아냐, 아냐. 생각이 좀 필요해서 그래. 민지 일은 놀랍지
도 않고."

여해가 내 눈치를 보는 게 미안해서 가볍게 대꾸했어. 오해
가 오해를 낳고, 그것 때문만은 아니지만, 그 오해로 인해 한
여름에 긴소매 옷을 입는 지경까지 왔다는 게 허탈했어.

"걔, 소문처럼 나쁜 애 아니더라. 소문도 어느 정도는 자기
가 낸 거고 말이야."

"진짜? 왜?"

스스로 나쁜 소문을 내다니 이해가 되지 않았어.

"그냥 허세 같은 거? 소문이 부풀어 아주 나쁜 애처럼 됐
더라고, 바보같이."

110

여해 얼굴에 잠깐 걱정이 스쳐 지나갔어.

손님들이 하나둘 도착했어. 초대장에 써진 대로 모두 밝은 색 옷을 입고 왔어. 할머니 친구 몇 명, 102동 할아버지, 경비 아저씨, 낯선 어른들 몇 명에 이모할머니와 나, 여해 그리고 요양 병원 직원과 요양 보호사 선생님이 다였어.

모두 열 명 남짓 되었는데 식이 막 시작될 무렵, 이모할머니 딸인 은경 고모가 아이 셋을 데리고 왔어. 그래서 손님 수가 늘었고, 식장 분위기도 시끌시끌해졌어.

할머니와 이모할머니가 똑같은 옷을 입고 나란히 앉은 걸 보니 쌍둥이가 맞기는 한 것 같았어. 이모할머니 말대로 영원한 단짝 말이야. 코에 산소 호흡기를 꽂은 할머니는 휠체어에 앉아서 손님을 맞았어. 지난번 같은 위험한 고비는 없었지만, 이제 할머니 혼자서는 잘 걷지 못해. 코에 산소 호흡기도 매일 꽂고 있어. 요양원으로 옮겨서 건강이 좋아진 줄 알았는데 그게 아니었나 봐.

어제 식장을 꾸미고 올라와 보니 할머니와 이모할머니가 새 옷을 입어 보고 있었어. 사진을 찍어 주려는데 할머니가 카메라를 제대로 쳐다보지 못하는 거야.

"할매, 여기 좀 봐. 카메라를 보라고!"

내가 몇 번이나 큰 소리로 말해도 할머니는 똑바로 초점을 맞추지 못했어.

"내가 찍어 줄게. 너도 할머니들하고 같이 찍어."

여해가 얼른 내 손에서 휴대폰을 가져갔어.

초점 없이 흐린 할머니 눈에 자꾸 신경이 쓰여서 사진을 보고 또 봤어.

"할머니들은 원래 그런 것 같던데?"

여해가 말했어. 나를 위로하기 위해 하는 말 같았어.

"근데 이모할머니는……. 그래, 할매는 지금 건강이 안 좋으니까."

나는 애써 찜찜한 기분을 털어 냈어.

초대한 사람이 거의 다 온 것 같은데 할머니는 자꾸 출입구 쪽을 봤어.

'혹시…… 엄마를?'

왜 이제야 생각이 여기에 미쳤나 모르겠어. 언젠가 이모할머니와 할머니가 나누던 말이 떠올랐어. 이모할머니가 엄마에게 한 번도 와 보지 않는다며 독하다고 하자 할머니가 이렇게 말했었잖아.

"내 죽으믄 장례식 때는 올라나?"

엄마 사는 곳을 갑자기 알아낸 것도, 굳이 생전 장례식을

하겠다고 한 것도 모두, 어떻게든 엄마를 오게 하려고 그런 거였어. 할머니처럼 나도 자꾸 출입구 쪽으로 눈이 갔어. 상처받을까 봐 만나러 가지도 않아 놓고, 기대와 설렘 때문에 옆 사람에게 들리면 어쩌나 싶을 정도로 가슴이 뛰었어. 내 마음은 갈피를 잡을 수 없이 우왕좌왕했어.

식이 시작되기 전에 한 명씩 돌아가며 할머니 손을 꼭 잡고 인사를 나누었어.

"건강하세요."

"오래오래 사세요."

모두 덕담을 해 주었어. 하지만 장례식이니 누군가 '좋은데 가세요.'라고 하면 어쩌나, 쓸데없는 걱정이 됐어.

"다음은 정정숙 여사님께서 인사 말씀을 해 주시겠습니다."

사회를 맡은 요양 보호사 선생님이었어. 할머니와 인사를 나눈 다음 자리에 선 채 두런두런 이야기하던 손님들이 둥그런 탁자에 둘러앉았어. 이모할머니가 할머니 옆에 앉았어. 나도 여해랑 할머니 옆에 나란히 앉았어. 할머니 오른쪽에는 요양 보호사 선생님이 서 있었어. 할머니가 흠흠하며 목을 가다듬었어. 그런데 출입구 쪽을 본 할머니가 반가운 얼굴로 갑자기 이러는 거야.

"왔나?"

아름다운 끝맺음

할머니 말에 놀라 나는 얼른 출입구 쪽을 봤어. 긴 머리를
늘어뜨린 요양원 직원이 들어오고 있었어. 사진 속 엄마와
비슷한 나이였어.

"누구 아는 사람 왔우?"

이모할머니가 할머니에게 물었어.

"아이다, 내 잘못 봤다."

할머니 얼굴에 짙은 그늘이 드리워졌어. 내 마음에도 그늘
이 드리워졌어. 요양 보호사 선생님이 허리를 숙여 할머니
입 가까이 마이크를 댔어. 할머니가 마이크를 가져가더니 괜
찮다는 듯 요양 보호사 선생님을 향해 고개를 끄덕였어.

"내, 마이크는 머리털 나고 첨 잡아 봅니다."

할머니 말에 사람들이 와하하 웃었어.

"뭐 특별히 할 말은 없고, 내 살아온 얘기나 잠깐 할까 합니다."

할머니는 부끄럼을 타는지 까맣기만 하던 얼굴이 어느새 붉어졌어.

"우리 어매, 아배가 마흔이 다 돼 가 겨우 얻은 아가 내캉 지금 여 앉아 있는 내 동생 정현숙입니다. 함안 땅에 있는 자양산 끝자락에서 나고 자랐는데 골짝도 골짝도 그래 골짝일 수가 없었다 아입니까."

할머니가 마이크를 내려놓고 물컵을 들어 입술을 적셨어.

"가난하기는 또 우에 그래 가난했는지……."

할머니는 사람들을 둘러보며 말을 멈추었어. 마이크를 처음 잡아 본다는 말은 아무래도 거짓말 같았어.

"그래도 우리 어매, 아배가 지극정성으로 현숙이랑 내를 키웠어요. 어매는 우리 나이 아홉에, 아배는 열다섯에 하늘로 돌아갔지요. 어매, 아배 죽고 참 고생, 고생 말도 몬 하게 했습니다."

할머니가 탁자 위에 있던 수건으로 얼굴을 닦았어. 이모할머니도 손을 눈가로 가져갔어.

"어매, 아배 살았을 적에 받은 사랑으로 내…… 지금까지 살았다 캐도 틀린 말이 아닙니다."

할머니가 숨을 몰아쉬었어.

"괜찮으시겠어요?"

요양 보호사 선생님이 걱정스러운 표정으로 물었어.

"괘않습니다. 말이 잠깐 딴 데로 샜는데……. 인자 내가 하고 싶은 말 하고 끝내겠습니다. 여덟 살 때였나, 현숙이가 며칠을 열이 나며 아팠어요. 그날 저녁에도 아가 열이 펄펄 나가 할딱할딱 넘어가데요. 어매, 아배는 안절부절못하는데 내는 눈치 없이 잠이 쏟아져가 방구석에 쪼그리고 앉아 *끄덕끄덕* 졸았지요. 언제 잠이 들었는지 깨 보니 집에는 아무도 없고 사방이 껌껌하다 아입니까. 낮에 읍내 병원 어쩌고 하던 말이 생각났어요. 혼자 있기 무서버가 손전등을 찾아 들고 집을 나왔지요."

할머니 말이 끊어질 듯, 끊어질 듯 이어졌어. 이모할머니의 한쪽 다리가 불편하게 된 날인 것 같았어. 할머니가 거친 숨을 몰아쉬었어.

"쉬어 가며 천천히 말씀하세요."

이모할머니가 일어서려다 요양보호사 선생님 말에 다시 앉았어.

"비가 와가 달도 없는 밤이었어요. 동네 앞에 있는 개울을 건너 읍내 쪽으로 한참을 갔어요. 쪼매만 가믄 돌아오는 어매, 아배를 만날 줄 알았는데 가도 가도 어매, 아배가 보이지 않습디다. 빗줄기는 점점 거세지고 우산을 쓰고 있었어도 온몸이 쏟아지는 비에 쫄딱 젖어서……. 어린 마음에도 큰일 나겠다 싶은 게 가슴이 덜컥 내려앉았지요. 걸음을 돌려 개울까지 어찌어찌 되돌아왔는데 그새 개울물이 많이도 불었습디다."

여덟 살 꼬맹이 할머니가 내 가슴속으로 자박자박 걸어 들어왔어. 할머니가 걱정이 돼서 가슴이 콩닥거렸어.

"큰일 났다 싶어서 안절부절못하고 있는데 개울을 건널 때마다 아배가 하던 말이 떠올랐어요. '정숙아, 비 마이 와가 물살이 세지믄 혼자 건너지 말고 멀찍이 떨어져서 아배를 기다리야 한다. 알았제?' 이 말이요. 그래가 개울가에서 떨어져 한참을 기다렸습니다. 비는 계속 오지, 아배는 오지 않지, 물살은 점점 더 거세지지 이러다 집에도 몬 가고 여서 죽지 싶었어요. 그때 언젠가 물살이 셀 때 아배랑 돌덩어리를 안고 개울을 건넌 기억이 났어요."

할머니의 눈이 짓무른 듯 축축해졌어. 이마에는 땀이 맺혀 있었어.

120

"잠깐 쉬었다 할까요?"

요양 보호사 선생님이 산소 호흡기를 확인하며 물었어.

"아입니다, 괜찮습니다."

할머니가 혀로 입술을 축였어. 이모할머니가 할머니 곁으로 가서 물컵을 입에 대 주고 이마의 땀을 닦아 주었어.

"그래가 쓰고 있던 우산을 내던지고 땅에 반쯤 박힌 커다란 돌덩어리를 손으로 파냈다 아입니까. 손가락이 뿌라질 것 같이 아팠던 게 지금도 생생합니다. 그렇게 파낸 돌덩어리를 꼭 끌어안고 그 물살 센 개울을 혼자 건넜지요. 빼빼 마른 여덟 살 아가 어떻게 거센 물살에 안 떠내려가고 버텼겠습니까? 무거운 돌덩어리가 힘이 된 거지요. 그라고 나서 며칠을 앓았지만, 그날 이후로 내는 겁날 게 없었어요. 그 무서운 개울을 혼자 건넜으니까요. 내는 살다 힘든 일이 생길 때마다 그날의 그 돌덩어리를 생각합니다. 세상에 쓸모없는 건 아무것도 없다지 않습니까? 짐스러버가 내던져야 할 것 같은 돌덩어리도 잘만 쓰믄 내를 살리는 약이 됩니다. 마찬가지로 살아 보니 나쁘기만 한 일은 없습디다. 지나고 보면 그 일이 좋은 일로 바뀔 때도 있지요. 마음만 고쳐먹으믄 나쁜 일도 좋은 일이 된다 이 말이지요."

할머니는 손바닥으로 가슴을 쓸며 초점 없는 눈으로 나를

봤어. 그러고는 수건으로 얼굴을 여러 번 문질러 닦았어. 이 모할머니도 연신 눈물을 닦아 내며 코를 풀었어. 여해도 훌쩍였어.

'나쁘기만 한 일은 없다. 마음만 고쳐먹으면 나쁜 일이 좋은 일로 바뀔 때도 있다.'

할머니 말이 머릿속에 맴돌았어.

　"내는 인제 내 왔던 데로 돌아갑니다. 마지막으로 여 계
신 분들께 염치없는 부탁 하나 할랍니다. 우리 다온이, 내 새
끼……."

　할머니가 목이 멘 듯 잠깐 말을 끊었어. 내 새끼라는 말에
목이 따가워졌어.

　"내 새끼 우리 다온이……. 혼자 놓고 간다 생각 안 합니

다. 여 이래 좋은 분들 옆에 두고 갑니다. 오매 가매 생각날 때 한 번씩만, 한 번씩만 들다봐 주이소. 부탁합니다.”

어룽져 있던 눈물이 내 볼을 타고 흘러내렸어. 할머니는 나를 보고 희미하게 웃더니 탁자를 잡고 힘겹게 일어났어. 그러더니 엉거주춤 서서 허리를 깊게 숙여 인사했어. 손님들이 손뼉을 쳤고, 여기저기서 훌쩍거리는 소리가 났어.

손님들이 뷔페식으로 차려진 음식을 가져다 먹기 시작했어. 할머니는 피곤한지 자꾸 눈을 감았어.

“할매, 자?”

할머니에게 죽을 가져다주며 물었어.

“잠은 무신……. 내가 아가, 앉아서 자구로. 안 잔다.”

할머니는 전기세를 그렇게 아끼면서도 잘 때 꼭 텔레비전을 켜 놓았어. 내가 끄려고 하면 귀신같이 알고 “안 잔다.” 하면서 다시 보는 척해. 안 잔다고 우기는 할머니를 보자 미소가 떠올랐어. 할머니는 죽을 거들떠보지도 않은 채 계속 눈을 감고 있더니 결국은 끄덕끄덕 졸기 시작했어.

“아이고, 우리 언니 남들 못 하는 특별한 장례식 하더니 진다 빠졌나 보네.”

이모할머니가 탁자에 놓여 있던 할머니 물건을 챙기며 말했어.

"할매 많이 피곤한가 봐."

"그래, 눕히는 게 좋겠어."

이모할머니가 휠체어를 밀고 출입구 쪽으로 갔어. 나랑 여해도 할머니 소지품을 챙겨 이모할머니를 따라 병실로 갔어.

식장을 정리할 때까지 출입구를 기웃거렸어. 엄마는 결국 오지 않았어. 자식을 키워 준 분의 장례식인데 늦게라도 오지 않겠나 싶었거든. 내가 짐이 될까 봐 오지 않았을 거라는 생각은 나중에야 들었어.

이모할머니가 여해와 나를 버스 타는 곳까지 배웅해 주었어. 그러면서 할머니가 사람들을 돕고 후원금을 꾸준히 내 왔다는 이야기를 했어. 냉동실에 있는 통장을 보고 짐작은 했지만, 생각보다 많은 사람을 도왔다는 사실에 놀랐어.

"네 할매는 자기가 좋은 일을 하면, 자기 떠나고 없을 때 누군가 너를 도와줄 거로 생각하는 것 같더라."

"할매가 오래 사는 게 나를 도와주는 거지⋯⋯."

또 눈물이 핑 돌아서 말끝을 흐리는데 마침 버스가 왔어.

"할매 깨면 금방 갈게."

이모할머니가 버스에 오르는 내 뒤통수에 대고 소리쳤어. 여해와 의자에 나란히 앉았어. 여해가 자꾸 나를 살피는 게 느껴졌어. 내가 뭐라고 여해가 눈치를 보게 만드나 싶었어.

"나 괜찮아."

"응, 할머니 정말 훌륭하시다."

여해의 말에서 진심이 느껴져 위로가 됐어.

"할매가 좋은 일을 그렇게 많이 하셨는지 몰랐어. 그냥 할매나 좀 챙기라고……."

누군가가 나를 도와주기를 바라는 마음에서 그랬다는데 나는 그것도 모르고 할머니가 그럴 형편이냐고 타박했잖아.

"할매한테 너무 못되게 굴었어."

"할머니도 네 마음 아실 거야. 내일 뵙고 죄송하다고 하면 되지."

여해가 언니처럼 내 등을 토닥였어. 나도 동생이나 된 듯 순하게 고개를 끄덕였고.

"우리 엄마 말이야…… 아무것도 묻지 않아 줘서 고마워. 아무 말도 안 해서 미안하기도 하고."

할머니도 할머니지만, 옆에 있는 여해에게 먼저 사과해야 할 것 같아서 엄마 이야기를 꺼냈어.

"괜찮아. 그런데 있지, 나는 엄마가 누군지도 몰라. 물론 아빠도."

여해가 슬픈 이야기를 밝은 표정으로 했어. 나도 차라리 엄마가 누구인지 모르는 게 나을 것 같아.

"응, 미안."

하지만 이렇게 말했어. 엄마가 나를 방치했다는 말은 도저히 할 수 없었어.

"뭐가?"

여해가 눈을 크게 뜨더니 곧이어 하하하 웃었어.

"그냥, 다⋯⋯."

해 놓고 보니 언젠가 여해가 나한테 한 말이었어.

"있지, 다온아! 나는 엄마나 아빠랑 상관없이 스스로 잘 크려고 노력하는 중이야."

여해가 몸을 돌려 내 얼굴을 보며 말했어. 여해는 정말로 힘껏 노력하고 있는 게 맞는 듯했어. 나는 여해를 보며 고개를 끄덕였어.

무거운 돌덩이

이모할머니와도 엄마랑도 같이 살 수 없다는 것을 이제는 받아들여야 할 것 같았어.

'할머니가 말한 돌덩이가 나한테는 이것일까?'

끌어안고 개울을 건너기는커녕, 혼자 힘으로는 들어 올리기도 힘든 바윗덩이처럼 느껴졌어.

> 내일 우리 집에서 놀래? 엄마가 떡볶이 해 주신대.

코를 빼고 앉아 있는데 여해에게서 톡이 왔어. 빠진 코가 석 자라서 그렇게 가 보고 싶던 여해네 집에 놀러 가는 것이

썩 내키지 않았어. 하지만 가겠다고 답을 보냈어.

여해네 집은 내가 상상한 것처럼 넓거나 예쁘지는 않았지만, 편안한 분위기였어.

"반갑다! 조금만 기다려. 아줌마가 얼른 떡볶이 해 줄게. 치즈떡볶이 어때?"

여해네 엄마는 상냥하고 요리 솜씨 좋은, 내가 상상하던 딱 그 모습의 친구 엄마였어. 여해가 엄마를 스스럼없이 대하는 모습도 상황을 모른다면 의심할 것 없이 그냥 엄마와 딸 모습 그대로였어. 여해에게 의지할 데가 없다느니, 엄마가 없다느니 하며 안됐다고 생각한 거야말로 진정한 오지랖이지 싶었어. 여해에게 미안했지만 사과하지는 않았어. 오히려 여해에게 상처를 주는 일 같았기 때문이야.

떡볶이를 먹고 있을 때 중학생인 여해네 언니가 돌아왔어. 언니는 긴 머리를 밝은 갈색으로 염색하고 있었어.

"안녕하세요?"

"얘는, 내가 무슨 노인정 할머니냐? 안녕하세요가 뭐야? 그냥 언니 안녕?이라고 해."

말투가 조금 거칠었지만, 언니는 서글서글했어. 옥상에서 술 먹고 계단에 병을 깨 놓은 범인이 근처 사는 중학생들이

었다는 게 밝혀져 다행이었어.

"네, 아…… 으응."

"또 놀러 와."

내가 얼떨결에 대답하자 언니가 웃으며 말했어.

집으로 돌아오는데 계속 여해네 집 생각이 났어. 상냥한 엄마, 서글서글한 언니, 그 속에서 편안한 여해.

'여해네 집 같은 곳이라면…….'

이런 생각을 하다 머리를 흔들었어.

'똑같은 곳이 어디 또 있겠어?'

덧난 흉터가 가려웠지만, 긁지 않고 두드렸어. 더 긁었다 간 병원에 가야 할 만큼 흉터는 심하게 덧나 있었어. 샤워를 한 다음 안방으로 가서 연고를 찾아 발랐어.

책상 앞에 앉았는데 내 마음속으로 걸어 들어온 어린 시절의 할머니가 여기저기를 자박자박 헤집고 다녔어.

'나보다 한참 어렸는데, 할머니는 얼마나 무서웠을까?'

할머니가 불쌍해서 마음이 아렸어.

생전 장례식을 치르고 열흘쯤 지났어. 그사이 나는 여해네 집에 몇 번 더 초대받았고, 고등학생 큰언니와 유치원에 다니는 막내도 만났어.

'여해는 저렇게 잘 사는데…….'

색안경을 끼고 바라봤던 보호 시설에 대해 다시 생각하게
되었어. 하지만 할머니가 돌아가시고 엄마와도, 이모할머니
와도 같이 살 수 없다면 보호 시설에 가도 괜찮을 것 같다는
생각에는 고개를 저었어. 모르는 사람들과 살게 되는 게 두
려웠어. 이모할머니에게 같이 살자고, 엄마를 찾아가 나를
데려가 달라고, 떼쓰고 싶었어. 하루에도 몇 번씩 진미 식당
을 찾아가는 상상을 했어.

이모할머니와 병실로 들어섰어. 할머니가 코에 산소 호흡
기를 낀 채 침대에 기대어 앉아 있었어. 뿌옇게 흐리던 눈동
자도 맑아 보였어. 전날은 죽도 못 먹고 수액을 맞으며 온종
일 누워 있었는데 훨씬 나아진 것 같아서 기분이 좋았어.

어느 나라에선가 생전 장례식을 치르고 몇 년을 더 살았다
는 할아버지의 이야기가 생각났어. 내 마음에 빛이 들어왔
어. 얼른 달려가 할머니가 내민 손을 잡았어. 얼굴과 달리 할
머니 손은 여전히 마른 나무껍질 같았어.

"내 새끼."

할머니가 뻗었던 다리를 모으며 침대에 나를 앉혔어. 얼떨
결에 앉았지만, 할머니의 살가운 말투에 신경이 쓰였어.

"나는 나가서 과일 좀 사 올게."

이모할머니가 밖으로 나가며 말했어. 할머니는 어차피 과일을 못 먹고, 우리는 집에서 먹으면 되는데 왜 굳이 사러 가나 싶었어.

"다온아…… 다온아……."

할머니가 내 이름을 부르며 내 등을 쓸고, 또 이름을 부르며 등을 쓸었어. 그러더니 결국은 눈물도 없는 마른 울음을 꺽꺽 울었어.

"할매, 왜 그래? 어디 아파? 의사 선생님 모시고 올까?"

갑작스러운 할머니의 행동에 당황한 나는 침대에서 일어났다 앉았다 하며 우왕좌왕했어.

"아이다, 아이다. 괘않다. 할매가 주책이다."

할머니가 휴지를 뽑아 코를 풀었어. 코도 말랐는지 아무 소리도 나지 않았어. 할머니의 마른 나뭇가지같이 바짝 마른 손, 마른 울음…….

'할머니 몸의 물기들은 모두 어디로 간 걸까?'

이런 생각을 했어.

"할매가 일 많이 시키가 원망했제?"

"할매 그건, 그건 그냥 내가 화나서 막 한 말이야."

"금쪽같은 내 새끼 고사리손에 물 묻히는데 낸들 와 마음이 안 아팠겠노? 그래도 할매가 니캉 천년만년 같이 살 수 있는 것도 아니고⋯⋯."

할머니랑 나 사이에 전선이라도 연결돼 있는지 할머니 마음이 찌르르 전해져 왔어.

"할매, 다 알아. 그냥 한 말이야. 내가 넘어졌을 때 일으켜 주지 않은 것도 똑같은 뜻인 거 다 안다고! 내가 뭐 어린앤가?"

"그래, 그래. 내 새끼 다 컸다. 장하다."

할머니는 그동안 못한 내 새끼 소리를 다 쏟아 낼 작정인 것 같았어.

"니⋯⋯ 할매 없어도 잘 살 수 있제?"

할머니가 내 머리를 쓰다듬으며 무심한 척 물었어. 할머니 없이 열두 살밖에 안 된 내가 어떻게 잘 살 수 있느냐고, 그러니까 할머니가 오래오래 살아야 한다고 소리치고 싶었어.

"으으응응⋯⋯."

하지만 대답을 하려니 예기치 않은 울음이 복받쳤어.

"할매가 미안타."

할머니가 나를 끌어안았어. 할머니의 바싹 마른 가슴에 얼굴을 묻고 울고, 또 울었어.

"고마 울어라. 진 빠진다."

할머니가 내 등을 쓸며 달랬어. 눈물이 그쳤지만, 고개를

들기가 쑥스러웠어. 아니, 할머니 가슴에서 얼굴을 떼기가 싫었어. 어릴 때 잠잘 적마다 만지던 할머니 빈 젖의 감촉이 손끝에 살아났어.

"할매…… 어엉어엉……. 나도 미안해, 대들어서……. 할매 마음도 모르고……. 엉엉, 미안해."

잦아들던 울음이 또 터져 나왔어. 할머니 가슴에 얼굴을 묻고 울면서 깨달았어. 내 진짜 불안은 갈 곳이 없다는 게 아니라는 것을. 내가 아무렇지도 않던 흉터를 긁어 대 덧나게 하며 불안에 떤 것은 할머니가 영영 나를 떠날지도 모른다는 절박함 때문이었다는 것을 말이야.

한참 뒤, 할머니가 나를 가슴에서 떼어 내더니 휴지를 내 코에 대 줬어. 나는 천연스럽게 소리를 내며 코를 풀었어. 할머니 코 푸는 소리와 다르게 크르릉 소리가 나며 하나 가득 콧물이 나왔어.

"근데 할매, 뭐 먹을 거 없어?"

실컷 울고 나니 배도 고프고, 쑥스럽기도 해서 물었어. 아무리 그래도 죽도 못 먹는 할머니한테 할 말은 아닌 것 같았지만 이미 늦었어.

"와, 배고프나? 이모할매한테 빵이라도 사 오라고 하까?"

고개를 끄덕이다 보니 장례식 내내 엄마를 기다리느라 고개를 빼고 출입구를 내다보던 할머니 모습이 떠올랐어. 할머니를 안심시켜 주고 싶었어.

"할매, 사실은 장례식 끝나고 할매 잘 때 엄마 왔었어."

거짓말이 술술 나왔어.

"안다, 내도 봤다. 니 어매가 돈 주고 가더라. 이모할매한 테 맡기 났다."

할머니의 거짓말 실력은 내가 신발을 벗어 손에 들고 뛰어도 도저히 따라갈 수 없는 경지야. 할머니와 나는 서로 다 안다는 듯 마주 보고 웃었어.

할머니는 다음 날 중환자실에 들어갔어. 중환자실에 들어간 할머니는 아침에 한 번 저녁에 한 번, 두 번밖에 만날 수 없었어. 그것도 딱 십 분간.

이틀째부터는 할머니가 의식이 없었어.

'다온아, 인제 준비해야겠다.'

중환자실을 나오며 이모할머니가 말했어. 그리고 다음 날 오후에 할머니는 당신 말대로 할머니가 왔던 곳으로 돌아가셨어. 별다른 장례 절차 없이 할머니는 교외에 있는 봉안당에 모셔졌어.

내 옆에 멀쩡히 살아 있던 할머니가 며칠 사이에 이 세상

어디에도 없다는 것이 믿기지 않았어. 내 방에 있으면 할머
니가 "다온아, 퍼뜩 와 봐라!" 하고 기차 화통 삶아 먹은 소
리로 부를 것만 같았어. 할머니 생각만 하면 눈물이 났어. 소
리를 내지 않으려고 해도 엉엉 소리가 저절로 나왔어.

　나중에는 할머니 생각을 하지 않으려고 텔레비전을 종일
봤어. 이모할머니와 나는 눈만 마주치면 울음이 나와서 서로
보지 않으려 고개를 외로 꼬았어. 그러고는 내기라도 하듯

텔레비전을 봤어.

"이모할머니랑 살자. 설마 산 입에 거미줄 치겠어?"

할머니를 봉안당에 모셔 놓고 돌아오는 버스에서 이모할머니가 말했어. 그날은 아무런 대답을 하지 않고 고개만 주억거렸어.

돌덩이를 끌어안고 무서운 개울을 건너는 어린 할머니의 모습이 감동적으로 본 영화 장면처럼 내 머리에서 떠나지 않았어. 돌덩이를 넘어 내가 들어 올리기 벅찬 바윗덩이라면……. 그렇다면 굴려서라도 개울을 건너야 할 것 같았어.

며칠 후, 이모할머니에게 내 마음을 털어놓았어.

"할머니도 나랑 같이 살 수 없는 거 알아. 나 보호 시설에 갈 거야."

이모할머니가 놀란 눈으로 나를 봤어.

"이모할머니가 멀쩡히 살아 있는데 보호 시설이 웬 말이야?"

이모할머니는 엄마에 대한 말을 의식적으로 꺼내지 않는 것 같았어. 할머니가 남긴 통장을 보여 주면서도 마찬가지였어. 할머니는 분명히 엄마가 줬다 하라고 했을 텐데 말이야.

"여해도 보호 시설에서 살지만 뭐든 야무지게 잘하잖아.

나도 잘할 수 있어. 많이 생각해 봤어."

이모할머니의 눈동자가 흔들리더니 눈물이 고였어.

"집만 다른 동으로 옮기는 거잖아. 할머니도 있고, 여해도 있으니까 괜찮아."

낯선 사람들과 함께 사는 것만 적응하면 될 것 같았어.

"그래도 그렇지……."

이모할머니는 계속 눈물을 훔치며 내 등을 쓸었어.

며칠 후에 행정 복지 센터의 사회 복지사 선생님이 집으로 왔어.

"정정숙 할머니가 미리 연락해 놓으셔서 입소 절차는 빠르게 진행될 것 같아요."

할머니는 내가 어떤 선택을 할지 알고 있었어. 역시 대단한 우리 할머니.

"언제쯤이요?"

내 목소리가 떨려 나왔어.

"아마 한 달 내로 가능할 거야."

"그렇게나 빨리요?"

이모할머니가 놀란 얼굴로 되물었어.

"할머니, 이 집도 비워 줘야 하잖아. 어차피 옮길 거 빨리 옮기면 좋지 뭐."

말은 이렇게 했지만, 하루라도 더 이모할머니 곁에 있고 싶었어.

"여기서 좀 떨어진 곳인데 괜찮을까? 한 시간 정도 걸리는 곳이라 전학도 가야 하는데."

사회 복지사 선생님이 조심스럽게 물었어.

"네?"

나는 당연히 이 아파트 단지 안에 있는 곳으로 갈 줄 알았어. 가슴이 철렁했어.

"여기, 이 아파트에도 시설이 있는 걸로 아는데, 꼭 그렇게 멀리 가야 하나요?"

이모할머니도 놀랐는지 다급하게 물었어.

"네, 이곳에는 한동안 자리가 없을 것 같아요. 제가 알아본 곳도 가정형 보호 시설이라 여기 꿈터랑 분위기는 거의 비슷할 거예요."

"그래도 갑자기 환경이 너무 많이 바뀌면 우리 다온이가……."

이모할머니는 말을 맺지 못했어. 나를 보지도 못했어.

"할머니, 한 시간밖에 안 걸린다잖아. 괜찮아, 나 잘할 수 있어."

이렇게 말해야 하는데 큰일 났다 싶어서 몸이 떨리기만 했어. 호기롭게 시설을 선택한 것이 후회됐지만, 여전히 다른 선택지는 없었어. 눈자위가 뜨거워져서 눈물이 나올까 봐 주먹을 꼭 말아 쥐었어.

'이다온, 힘내자. 이것도 좋은 일일 거야!'

최면을 걸듯 속으로 중얼거렸어. 다행히 눈물이 나오지는 않았어.

"다온아, 미안해."

이모할머니는 또 눈물을 훔쳤어.

그날 밤, 개울 앞에 돌덩이를 안고 서 있는 꿈을 꾸었어. 징검돌을 향해 발을 내디뎠지만, 한 발도 나아갈 수 없었어. 헛발질만 계속했어. 용을 쓰다 깨 보니 창밖이 희붐했어.

베개를 안고 안방으로 가서 이모할머니 곁에 누웠어. 이모할머니 코 고는 소리가 자장가처럼 편안해서 그 와중에 늦잠을 잤어.

또 다른 시작

개학하고 얼마 지나지 않아 전학을 가게 되었어. 책상 서랍과 사물함에 있던 교과서와 소지품을 모두 꺼내 보조 가방에 담으니 전학 간다는 실감이 느껴졌어.

"다온이 잠깐 나올까?"

수업을 마친 다음 선생님이 말했어. 이모할머니에게 전학 이야기를 자세히 들었는지 나를 보는 선생님 눈빛이 애틋했어. 싫지 않더라. 교실 앞으로 나가 엉거주춤 섰어.

"아는 사람도 있겠지만, 다온이가 전학을 가게 됐어요."

선생님이 내 어깨에 손을 얹으며 말했어.

"친구들에게 인사할까?"

무슨 말을 해야 하나 망설이는데 맨 뒤에 앉은 민지가 눈에 들어왔어. 민지 무리는 틈만 나면 다른 아이들을 돌아가며 따돌렸어. 심호흡을 했어.

"음……. 친구들에게 바라는 게 있어요. 뭐냐 하면 친구가 나와 다르다고 따돌리거나 골탕 먹이는 일을 하지 않았으면 좋겠어요."

"뭐야아?"

"쟤, 뭐래니?"

민지 무리였어.

"조용! 다온이 말을 끝까지 들어 보세요."

선생님 말씀에 교실은 다시 조용해졌어.

"저는……."

목소리가 떨려 나왔어.

"저는, 우리는 각자 다르지만 모두 행복했으면 좋겠어요."

"우아, 옳소!"

창가에 앉아 있던 방은혁이 벌떡 일어서며 손뼉을 쳤어. 그러자 방은혁과 어울려 다니는 남자아이 몇도 일어나 방은혁처럼 손뼉을 쳤어. 방은혁과 남자아이들은 진지하지 못하다고 선생님께 핀잔을 들은 후에야 자리에 앉았어.

나는 고개를 숙여 인사했어. 민지와 아이들을 고자질하려고 한 말은 아니었어. 진심으로 모든 아이가 행복했으면 좋겠다는 바람이었어.

"다온이 당부 잘 들었어. 선생님도 더 노력할게."

친구들이 모두 돌아가고 선생님이 보조 가방을 신발장 앞까지 들어 주며 말했어. 전학 가는 마당에 웬 재를 뿌리느냐고 할는지도 몰라. 어쩌면 또 오지랖이라며 욕하겠지만, 꼭 하고 싶은 말이었어.

'오지랖이 뭐 어때서?'

여해와 계단을 내려오는데 불쑥 이런 생각이 들었어.

"나쁜 일 하는 것도 아닌데 오지랖이 뭐 어때서!"

나도 모르게 생각이 입 밖으로 불쑥 튀어나왔어.

"맞아, 보호 시설이 뭐 어때서!"

나를 멀뚱히 보던 여해가 무슨 말인지 이해했다는 듯 라임을 살려 맞장구쳤어. 여해와 나는 별일도 아닌 이야기를 하며 계속 깔깔거렸어.

나는 사회 복지사 선생님이 말했던 곳으로 가기로 했어. 꿈터처럼 가정형 보호 시설이라던 말이 생각났어. 그런데 아파트는 아니래. 그곳은 비슷한 집들이 모여 있는 작은 마을인데, 이름이 '해 뜨는 마을'이라고 했어.

"할머니, 이름이 너무 예쁘지 않아?"

일부러 밝은 소리로 이모할머니에게 물었어. 나도 이곳에 있고 싶고 전학 가기 싫었지만, 아무리 생각해도 다른 방법이 없었어. 내가 굴려야 할 바위가 조금 더 커진 것 같아.

"그래, 예쁘네."

이모할머니가 쓸쓸한 표정으로 대답했어.

"에이, 할머니 왜 또 그래? 할머니가 그랬잖아. 아무리 힘들어도 마음속에 웃는 방 하나는 남겨 놓으라고. 생각 안 나?"

이모할머니가 계속 미안해하는 것 같아 너스레를 떨었어.

"그래도……."

"에이, 할머니이이!"

할머니 팔을 잡아 흔들며 애교를 부렸어.

"그래, 까짓거! 다 사람 사는 덴데 뭐가 어때서! 우리 똘똘이 다온이는 분명히 잘 해낼 거야, 암만!"

이모할머니는 그제야 농담을 했어.

"암만, 까짓거!"

나도 이모할머니를 따라 했어.

해 뜨는 마을은 야트막한 산기슭에 자리 잡고 있었어. 울

타리를 친 마을 안에 열 집 정도가 옹기종기 모여 있어.

우리 가족은 고등학생 언니, 중학생 언니와 나, 그리고 나보다 세 살 적은 3학년 아이라고 했어. 3학년 아이가 나와 같은 방을 쓸 거고, 며칠 후에 온다고 했어. 학교는 해 뜨는 마을 바깥에 있는데 전에 다니던 곳보다 조금 컸어.

엄마라는 분은 여해네 엄마보다 연세가 많아 보였고, 말이 없는 편이었어. 나는 엄마라는 말이 쉽게 나오지 않았어. 어렸을 적 기억이 없으니 처음 해 보는 거나 마찬가지잖아.

'뭐든지 첨이 중요한 기라. 첨에 눈 딱 감고 해 버리면 금방 괜찮아진다.'

할머니 말을 떠올리며 쑥스러움을 무릅쓰고 엄마라고 불러 봤더니 정말 다음부터는 어렵지 않게 나왔어. 엄마도 언니들도 친절했지만, 이모할머니와 여해가 오기로 한 토요일까지 시간은 더디게 흘렀어. 솔직히 말하면 나는 밤마다 소리 죽여 울었어. 그래도 첫날보다 두 번째 날, 두 번째 날보다 그다음 날 조금 덜 울었어.

"다온아!"

여해가 손을 흔들며 뛰어왔어. 이모할머니도 저만치서 손을 흔들었어. 마을 입구에서 이모할머니와 여해를 만나기로 해서 기다리는 중이었거든.

이모할머니와 여해에게 내 방을 보여 주고, 밖으로 나와 마당 한편에 있는 벤치에서 이모할머니가 싸 온 김밥을 먹었어. 여전히 짰지만 맛있었어.

"이기 뭐꼬? 니 맛도 내 맛도 없다 아이가!"

이모할머니와 여해가 놀란 얼굴로 나를 봤어.

"히히히, 할매랑 똑같지?"

"아이고, 깜짝이야! 내 간 떨어질 뻔했다 아이가!"

이모할머니가 금세 분위기를 맞추었어.

"사실은 엄청 맛있어. 할매도 맛있으면서 놀리려고 일부러 그랬을 거야."

"하여튼 우리 언니는 아무도 못 말리지."

이모할머니 말에 이번에는 셋이 깔깔깔 웃었어. 익숙하고 편안한 시간은 순식간에 흘러갔어.

이모할머니와 여해를 버스 정류장까지 배웅했어.

"근데 민지 걔네들 괜찮아?"

마지막 날에 내가 했던 말이 신경 쓰여서 여해에게 조심스럽게 물었어.

"누구?"

이모할머니가 눈을 동그랗게 뜨고 물었어.

"있잖아요, 우리 반에 민지라고 애들 잘 괴롭히는 애 있거든요. 걔가 우리를……."

여해가 나를 보더니 미안한 얼굴로 말을 멈추었어.

"이런 나쁜 가스나!"

늙을수록 교양이 있어야 한다던 이모할머니 입에서 욕이 바로 튀어나왔어.

"할머니도 욕할 줄 알아?"

"필요할 때는 해야지, 암만!"

이모할머니는 얼떨결에 욕을 한 듯 농담처럼 얼버무리더니 여해를 봤어.

"참, 걔들이 왜?"

그러고는 얼른 말을 돌렸어.

"근데 다온이가 마지막 날에 멋지게 한 방 날렸거든요. 그렇게 살지 말라고."

여해가 이러더니 히히 웃었어.

"내가 언제?"

"물론 다온이는 돌려서 부드럽게 말했지만, 제 귀에는 그렇게 들렸어요. 엄청 멋있었어요."

여해가 이모할머니를 보며 말했어.

"우리 다온이가 좀 멋진 구석이 있기는 하지."

이모할머니가 맞장구를 쳤어.

"그쵸? 걔네들 앞으로는 나쁜 짓 못 할 거예요. 다온이 말 듣고 선생님이 걔네들 한 명씩 불러서 상담하셨어요. 교실에서 같은 일이 또 일어나면 학폭위 열어서 강전시킬 수도 있다고 하셨다나 봐요."

"강전이 뭐야?"

이모할머니가 물었어.

"할머니, 강제 전학!"

내가 얼른 대답했어.

"아! 강전당하기 싫을 테니까 못돼 먹은 짓 다시는 안 하겠고만."

역시 이모할머니의 순발력은 대단해.

"다행이네!"

나는 진심으로 다시는 같은 일이 또 일어나지 않았으면 싶었어.

"다온아."

버스 정류장에 도착하자 이모할머니가 내 손을 잡았어.

"마음 단단히 먹고. 할머니 자주 올게."

이모할머니 눈자위가 빨개졌어.

"응, 할머니!"

일부러 두 주먹을 꼭 쥐어 이모할머니에게 보여 주었어.

잠시 후, 버스가 도착했어. 이모할머니는 버스에 오르면서도 자꾸 뒤돌아봤어. 뒤이어 버스를 타려던 여해가 돌아보더니 얼른 내 귀에 속삭였어.

"은혁이가 네 번호 물어보더라."

"왜?"

어안이 벙벙한 채로 버스를 보냈어. 집으로 돌아오는데 여해에게서 톡이 왔어.

> 가르쳐 줘도 돼?

> 좀 뜬금없다는 생각이 들어서……

> 걔 센 척하는 거, 다 허풍이라고 얘기했었지?
> 비 오는 날 지렁이 보고 기겁하는 애야.
> 생각보다 좋은 애고. 네 걱정 많이 해.

내가 방은혁에 대해 아는 거라고는 껄렁대는 겉모습이랑 소문이 전부라는 생각이 들었어. 방은혁을 겪어 보고 속을 본 것은 여해야. 방은혁이 여해와 나를 도와준 일도 생각났어.

> 응, 가르쳐 줘도 돼.

이 한마디를 하는 게 그렇게 어려울 일인가 싶었어.

> 다온아, 널 항상 응원해. 우리 같이 힘내자!

여해가 응원 술을 흔드는 이모티콘을 보내왔어. 내 단짝 할머니가 떠나면서 여해에게 그 자리를 넘겨줬나 봐. 나도 응원하는 이모티콘을 보냈어.
저만치에 해 뜨는 마을 입구가 보였어.
"후유……."
심호흡을 하고 마을로 들어섰어.

저녁 무렵에 노크 소리가 나서 문을 여니 엄마와 여자아이 한 명이 서 있었어. 방을 같이 쓰게 될 거라던 3학년 아이가 왔나 봐. 새까만 얼굴에 깡마른 몸이었어. 내 가슴으로 걸어 들어왔던 어린 할머니의 모습이 이렇지 않았을까 싶었어.

엄마는 우리 둘을 소개하고 사이좋게 지내라는 말을 한 다음 방을 나갔어. 아이는 방에 들어올 때부터 불안한 듯 눈동자를 연신 굴리며 여기저기를 살폈어.

'어쩌지?'

난감했어. 나도 아직 적응이 안 돼 힘든데 이렇게 불안해 보이는 아이와 같이 지내야 한다니 말이야.

"이게 네 책상이야."

용기를 내어 내 책상 옆에 딱 붙어 있는 책상을 가리켰어. 아이는 대답도 없이, 고개를 끄덕이지도 않고 나를 봤어. 금방이라도 울 것 같은 얼굴이었어. 불과 일주일 전의 내 모습 같았어.

"나는 이다온이야. 아까 엄마가 말씀하셨듯이 6학년이고. 나도 온 지 일주일밖에 안 됐어. 그래도 궁금한 게 있으면 언제든지 물어봐."

아이가 울면 어쩌나 걱정돼 짐짓 명랑한 목소리로 말했어.

"응……"

아이는 다행히 기어들어 가는 소리였지만 대답했어. 금방이라도 울 것 같은 얼굴은 여전했지만 말이야.

'까짓거!'

이모할머니와 농담처럼 했던 말이 떠올랐어.

'그래, 까짓거. 울면 내가 달래 주면 되지. 못 달래면 같이 울면 되고!'

나는 아이를 향해 씩 웃어 주었어.

　다온이 이야기를 쓰는 동안 자꾸 한숨이 나왔어요. 미안함과 애틋함, 짠함 같은 감정이 뒤섞여 마음이 복잡했기 때문입니다.

　할머니가 돌아가시고 다온이가 어려운 결정을 해야 할 때는 가슴이 먹먹했어요. 그래도 다행인 건 유머 감각이 뛰어난 이모할머니, 진심으로 다온이를 대하는 여해, 다소 껄렁한 겉모습과 달리 마음 따뜻한 은혁이가 다온이 곁에 있다는 것입니다. 또한 무엇보다 다온이가 긍정적이고 씩씩해서 마음이 좀 놓입니다.

　살다 보면 예고 없이 힘겨운 일이 찾아오기도 합니다. 그럴 때 다온이처럼 우리도 마음속에 웃는 방을 하나씩 가지고 있으면 어떨까요? 그 방에서 나온 웃음이 자신을 먼저 평안하게 하고 다른 사람에게도 흘러가면 좋겠어요.

　다온이에게 오는 일이 결국은 다 좋은 일이 되길, 언젠가는 잘 자라고 있는 다온이를 만날 수 있길 기대합니다.

2025년 2월 10일
조현미